種まき系男子の一途なキスは甘い

まるぶち銀河
illustration 天路ゆうつづ

Ruhuna

Contents

Written by Marubuchi Ginga
Illustration by Amaji Yuutsuzu

山際《やまぎわ》 望《のぞむ》(25)
物静かで冷静沈着な
二人の後輩。千秋を慕い、
ある出来事から
柴谷を嫌っている。
柴谷《しばたに》雄哉《ゆうや》(26)
明るく元気な大型犬男子。
仕事はできるが
下半身の緩さが
玉に瑕。
布施《ふせ》千秋《ちあき》(26)
負けず嫌いな
クールビューティー。
柴谷とは犬猿の仲
だったけれど…
Biography

種まき系男子の一途なキスは甘い

Tanemakikei danshi no
Ichizu na Kiss ha amai

1. 種撒き系男子と一夜の契約

会社に種撒《たねま》き系男子がいる。

柴谷雄哉《しばたにゆうや》という名の彼は、所謂《いわゆる》イケメンというやつだ。抜群のスタイルと整った顔を持ち、爽やかな笑顔と人懐っこい性格で、社内、社外問わず女性に人気がある。

故に、女を食いまくる。

幸いにして種から花を咲かせたことはないそうだが、取っ替え引っ替え、あらゆる女とワンナイトラブ。それが噂《うわさ》になっても、精子だけでも欲しいという女は後を絶たない。私には信じられない思考だ。

そう、私は彼に興味のない数少ない女である。

なのに今、私は彼とふたりきりで酒を飲んでいる。

「だから、水谷さんとは一週間前に別れたよ。そんで、田中さんとは一昨日ヤッただけで付き合ってない」

興味もない最近の社内恋愛事情を教えてくれながら彼が言うには、

「ね？　だから気にしなくて大丈夫。今は誰とも付き合ってないし、俺とセックスしよ」

これである。これしか頭にないのだ。

曰《いわ》く、

「女の子を見るとさ、その子がどんな顔して喘《あえ》ぐのか、確かめたくなるんだよね」

だ、そうです。難儀な性癖もあったもんだ。

彼はバーのカウンターで私と横並びで酒を飲みながら、そっと距離を詰める。肘を私の腕にわざと当て、顔を近付けてきた。

男のくせに作り物みたいなつるりとした肌。色白で清潔感のある顔面は、女ウケ抜群なのだろう。

「千秋《ちあき》、君の乱れる姿が見たい」

そんなイケメンに耳元で囁《ささや》かれた私は、

「いきなり名前で呼ばないでもらえますか」

「う……ごめん、布施《ふせ》」

鳥肌が立ちました。

冷たくあしらって密着していた腕をピシリと叩《たた》くと、彼は少しだけ距離を置く。

ただ、まぁ、顔は笑っている。戦略的撤退、みたいな顔してる。

こいつ、私が自分に気があると思ってやがる……。

私がこんなチャラ男とサシ飲みしているのには理由がある。

「柴谷さん。さっきも言いましたけど、社外の方とあまり奔放にされては困りますし、社内でも女性同士が牽制《けんせい》しあう事態になっています。少し自重していただかないと」

「それって嫉妬だったりする？」

そんなわけあるかぁ！

と、ドツきたいのを我慢しながら、にっこりと営業スマイルをしてみせる。

「いいえ。私は課長からの命令と、女子社員代表で、あなたに釘《くぎ》を刺しに来ただけです。柴谷さんに個人的な興味もないですし、同期という以外に繋《つな》がりも持ちたくありません」

くり返すが、私は柴谷に全く興味がない。というか、嫌っている。

それは別にヤリチンだから不潔というわけではなく、単純に取り巻きが迷惑だからだ。

柴谷は顔と愛想が良いだけでなく、仕事もすこぶるできる。次期エース確定の有望株で、群がる女たちは本気だ。彼を見かけるたびにきゃあきゃあとうるさいし、私が用事で話しかけると聞き耳を立てられる。かといって彼を邪険にするとイジメるなと睨《にら》まれるし、とにかく面倒くさいのだ。

挙げ句、柴谷を取り合って派閥ができたり、本気になって泣き出したり休んだり。

そのたびに、なぜか私が仲裁役として駆り出されてきた。たぶん、彼に強気で物申すことができるのが私だけだからだろう。彼と私の仲が悪いのは、社内でも有名な話だ。

メーカー系企業の企画営業職で、同期入社の三年目。同じ二十六歳。お互い仕事が好きだが、入社以来とにかく反りが合わない。

仕事はできるがどこかいい加減な柴谷と、細部まできっちりやりたい真面目な私。

成績を競うことも、コンペで争うこともあった。そのたびに衝突して、ものすごく険悪な雰囲気になることも多々あった。ライバルというより水と油だ。

そういったわけで、彼の色香に惑わされることもなく、目的完遂第一である私が、彼の手綱を握るべく選ばれたのだ。

ちなみに、なぜかこいつは男から人望がある。なので男性陣のナマクラな忠告では右から左、馬の耳に念仏。

「課長の命令、かあ……」

先程の私の発言を繰り返し、柴谷がカランと氷を鳴らしてグラスを傾ける。

「私の話、聞いてます？」

課長のことはどうでもよくて、女子社員たちの話なんですけど。

「聞いてる聞いてる。つまり、私以外の女に手を出さないで、ってことね？」

「……はあ!?」

わけのわからない超理論に思わず素っ頓狂な声をあげると、柴谷はニヤリと意地悪く笑った。

「布施でもそんな声出すんだ」

「ただビックリしただけでしょう。……あまりの馬鹿さ加減に」

「馬鹿ってひでぇな」

声をあげて笑うと、柴谷はカウンターに頬杖《ほおづえ》をついて私の顔を覗《のぞ》き込《こ》んだ。

「布施って口が悪いよな」

「誰のせいですか、誰の」

元々気が強い性格ではあったが、男所帯の仕事場と柴谷のせいでさらに磨きがかかった気がする。

あの中に毎日いたら、こうじゃないと生き残れる気がしないのだ。

「俺のせい？　責任とろっか？」

「やめてください」

ジロリと睨んで本気で嫌がると、柴谷はまた笑う。

「そういうとこも、悪くないよな」

ふいに静かに微笑《ほほえ》んで、顔を近付けてくる。髪がさらりと揺れ、瞳がすうっと細まり妖しく光る。

「ねぇ、ホテル行こう」

「……ほんと直結ですね」

「好きな女の子とヤりたいっていうのが悪いの？」

「好きな、ねぇ……」

お前の好きは意味が広すぎるだろ。

呆《あき》れ返《かえ》って柴谷を見つめると、彼はニヤニヤしながら見つめ返してきた。

「布施がヤらせてくれるなら、さっきの話、考えてもいいよ」

「えっ」

私が驚くと、彼は嬉《うれ》しそうに笑う。

「普段すましてる布施の、乱れまくる姿を見せてよ。そしたら、もう他の女とむやみやたらに寝ない」

「それ、本当ですか⁉」

「うん」

アッサリと頷《うなず》く柴谷に、不信感が募る。

私と寝ることに、どんな得があるというのだろう。彼のニヤニヤ顔を見るに、ムカつく女のあられもない姿を見て、溜飲《りゅういん》を下げようというだけなのだろうか。

それはそれで腹は立つが、今後一切の余計な関わりがなくなるなら万々歳だ。

面倒を見ているせいで、知らない女子に『嫁気取り』だとか言われて嫌われるのも、他社でお粗相をチクリと言われて頭を下げるのも、もうしなくていい。遊びまくっている彼に成績で負けて悔し涙を流すことも、もうない。

元々そんなに貞操観念が固いわけではないし、一回ヤッたくらいでこいつが大人しくなるのなら、ラッキーではないだろうか？

……本当に？

どうにも冷静ではない気がする。

バーに入ったからと、付き合って飲まなければよかった。くらくらする頭を振って、私はもう一度、柴谷の顔をまじまじと見つめる。

綺麗《きれい》すぎて、腹の立つ顔だ。自信満々な表情も様になっている。

彼は私を乱れさせる気らしいけれど、これを逆に乱してやったら、どんなにスカッとするだろう。夢中にさせて、喘がせて、調子に乗ってごめんなさいと頭を下げさせたら――？

ぞくり、と腹の底が疼《うず》く。悪くないかもしれない。

「とりあえず、録音するんでもう一回言ってもらっていいですか？　あと、契約書にサインをお願いします！」

私が鞄《かばん》を漁《あさ》りながら逃げられないための保険をかけると、彼はおかしそうに笑って「いいよ、なんでもしてあげる」とご機嫌に言った。

「あ、キスはしないでください」

ホテルの一室に入った途端、抱きついて顔を寄せてきた柴谷の唇を手で遮りながら、私は言った。

「……なんで？」

「好きな人がいるので」

嘘《うそ》だ。けど、好きでもない奴《やつ》とキスはしたくない。柴谷とするのはなんだか違う。

私のお願いに、彼は少しだけ眉をひそめた。けれどすぐ「わかった」と言って、私の手を退け首筋に軽く唇を押し当てた。

「……シャワー浴びません？」

「やだ」

「汗かいてますし」

「だめ」

なんでもしてくれるんじゃなかったのか。

不満そうにしているのが伝わったのか、柴谷はクスリと笑いながら耳朶《じだ》を舐《な》め、囁いてくる。

「キスはナシなんだから、これでおあいこな」

「……しょうがないですね」

まぁ、どうせ後で入るしいいか。

諦めて力を抜くと、柴谷の手が体を撫《な》でまわしはじめた。手早くブラウスのボタンを外され、いつの間にかブラのホックも外され胸が露《あら》わになっている。

イケメンヤリチン男すげー！　なんて感心する暇もなく、彼の手は私の乳房をつかんで柔く揉《も》みしだく。

焦《じ》らすように先端を避けながら揉み、下乳や谷間に舌を這《は》わせて丁寧に舐めていく。室内を照らす橙《だいだい》色《いろ》の間接照明に、ブラウスからはみ出た胸がぬらぬらと光った。

あまりの見た目のいやらしさに、体の芯が震える。

「あ……柴谷さ……」

「雄哉って呼んで。じゃなきゃ、ここ、触ってあげない」

唯一濡《ぬ》れていない双丘の頂《いただき》に向かって、ふうっと息を吹きかける。

「ん……っ」

焦らされ続けたせいで、そんなささやかな刺激にも思わず声が漏れた。それを聞いて、柴谷はますます調子に乗る。

壁に追い詰めた私の首元に吸い付き、スカートをたくし上げて太ももを撫でながら、脚を開かせ自分の体を割り入れた。

柴谷の大きくなったモノが私の内股に擦り付けられる。

「俺にどうして欲しい？　いつも澄ましてムカつくお前が、俺を欲しがるとこを見せてよ」

囁きながら首筋に口付け、鎖骨へ下っていく。鎖骨のくぼみを舐められると、また声が出た。

ムカつくけれど、気持ちいい。強すぎず弱すぎない刺激が、体中の感度を高めていく。早く、もっと強い快楽が欲しい。

「……ゆ、雄哉……」

しどろもどろに名前を呼んでみると、笑みを含んだ声で「なに？」と問われる。どうやら私が具体的にお願いしないといけないみたいだ。

柴谷なんかにお願いするのは癪《しゃく》だけれど、せっかくなら思い切り楽しんでしまおう。こっちは不本意なセックスなのだから、尽くしてもらわなければ割に合わない。

「ねぇ、お願い、もっと触って。もっと気持ちよくして。早く、欲しいの」

「……よくできました」

私の懇願にわずかに喉を詰まらせて答える。

と、急に視界が高くなった。柴谷が私を抱え上げたのだ。

「わっ、なにするんですか！」

「ベッドいこ。布施が思ったより可愛《かわい》いから、いっぱいしてあげたくなった」

こいつの口から可愛いなんて、聞く日が来るとは思わなかった。

思わず赤面してしまうが、幸い、俵抱きに抱えられていたので顔は見られていない。

彼は私をベッドへ放り投げると、縁に片膝をかけ乱暴にネクタイを解いた。

「いーい眺め」

普段、会社では犬猿の仲と言われている私たち。

口うるさくて邪魔な私を、あられもない姿でベッドに横たわらせ偉そうに見下ろすなんて、さぞや気持ちいいことだろう。

柴谷はうっすらと笑いながら舌舐めずりをする。

——だが、私だって負けるものか。主導権を握られ続けるのは趣味じゃない。

「雄哉……ねぇ、早く」

中途半端に脱がされた服をさも恥ずかしそうに捲《まく》ってみせる。彼の視線が体をなぞるのを感じながら、指をそろそろと股の間へ誘うように這わせる。

わざと顔を逸《そ》らした私の耳に、柴谷が生唾を飲み込む音が聞こえた。

「お前っていつもずるいよ、千秋」

急に下の名前を呼ばれて振り向くと、拗《す》ねたような顔をした彼が私の上に覆《おお》い被《かぶ》さってきた。

頬にちゅ、ちゅと音を立てて何度もキスをすると、唇を掠《かす》めて顎に口付けする。

「キスはしないで、絶対」

「絶対かよ……」

軽く唸《うな》るように不満を呟《つぶや》くと、「キスしたいって言わせてやる」とさらに躍起になって顔中に口付けしはじめた。瞼《まぶた》や目尻、鼻の頭、耳朶……唇はだんだん熱を帯び、興奮した柴谷の甘い吐息がかかる。

彼は長く綺麗な指先でそっと私の唇に触れると、優しくなぞるように撫でた。ただ撫でられただけなのに、体に痺《しび》れるような電流が奔《はし》る。気持ちいい。

「どう?」

「……だめ」

「ちぇっ」

それでも、お互い頑固だから譲らない。それはこいつもよく理解しているからか、笑いながら首元に顔を埋《うず》める。どうやらキスは諦めたらしい。

首筋を舐めながら、なんの予兆もなく胸の先端をつまんだ。

「ひゃんっ」

「お、可愛い声」

してやったり感にイラつきながら、私は体をくねらせる。

「もっと鳴かせて」

「お前ってほんと……負けず嫌いな」

苦々しい顔をしながら、柴谷がため息を吐く。

そして本格的に勝負しあうために、彼は私と自分の服をすべて剥《は》ぎ取《と》ってベッド脇に投げ捨てた。

心の中で『絶対参りましたって言わせてやる』と思いながら、恥じらうように手で秘部と胸を隠す。

それを見た柴谷が、興奮したように「手ぇ退けろ」と私の両手を体から引き剥がし、頭上でひとまとめに押さえつけた。

意図せず、お互いの裸体を見つめあう形になる。

程よく筋肉のついた肉体。細く長いけれどたくましい腕は、押さえつけた私の両手がビクともしないくらい力強い。うっすら腹筋の割れた腹から下へ視線を這わせれば、きゅうと引き締まった腰と、反り返って苦しそうに張りつめたモノが目に入った。

　血管を浮かせてビクビクと震えるソレから目を逸らし、柴谷の顔へと目線を戻す。と、彼は私の顔をじっと見つめていた。

　さらりとした髪が垂れ、影になった瞳は闇の中で鋭く輝いている。

　彼の裸体を無遠慮に観察していたことに気付かれて、かぁっと頬に血が昇った。柴谷はそれを見て、薄く笑いながら私の体に視線を落とす。

「千秋、綺麗だよ」

　馬鹿みたいに真面目ぶって囁くと、押さえつけていない方の手で私の体を撫ぜた。そろりとした刺激に体がわずかに跳ねる。

「もっと鳴かせていいんだろ？」

　そう言いながら、彼は胸の先端を再びつまみあげ、ぎゅうと挟んだまま指先で優しくスリスリと擦った。もう片方の胸に顔を近付け、舌を尖《とが》らせぴちゃぴちゃと音を立てて刺激する。

　息を荒くし体を仰《の》け反《ぞ》らせると、内股に割り入った彼の太ももが、濡れた秘部をグリグリと押した。

「ここも、舐めてやろうか」

　ニヤニヤしながら囁かれる。

　舐めてもらうんじゃない、舐めさせてやる。

私はコクリと頷くと、「やってみせてよ」と煽《あお》った。

あんたの無駄に積んだ経験値なら、私なんてチョロイもんでしょう?

そう言外に含めて柴谷を見つめれば、彼は顔を歪《ゆが》める。

「なんてゆーか、ムカつくけどゾクゾクするよ」

なに言ってんだこいつ。

そう思いながら微笑んでみせると、彼も微笑み返してくる。

柴谷は押さえつけていた私の両手を解放し、体の上を滑らせて膝裏をつかんだ。ぐいと上に引き上げて脚を広げられ、すべて丸見えになる。

「泣いて許してって言っても、もう遅いからな」

言うが早いか、彼は私の秘部に顔を近付けると、形の良い唇で溢《あふ》れ出《で》る愛液を優しく啜《すす》る。

それから柴谷は私の体のあちこちを舌や指で愛撫《あいぶ》し、抗《あらが》う隙もなくあっという間にどろどろにとかされてしまった。


「……柴谷さんって言った」

行為が終わりベッドに横になって休んでいると、息を整え終えた柴谷が拗ねたように呟く。散々人を鳴かせまくったくせに、ずいぶんと不満そうだ。

私は意味がわからず、隣の彼を見つめた。

「イく時。雄哉って呼んでって言ったのに」

「あぁー……」

そう言われてみれば、最中に彼の名前を呼ばなかったような。

……いちいち覚えてるとか、なんだこいつめんどくせぇな。

そう思いながら視線を彷徨《さまよ》わせると、彼は上体を起こしてずいと迫ってくる。

「あの、ほら、夢中でしたから。急には呼び慣れませんし、素が出てしまうというか」

「俺はちゃんと千秋って呼んだのに」

「でも一回、布施って言いましたよ」

「マジ？」

おかしいなぁ、と頭を掻《か》きながら枕にポスンと戻っていく。だがすぐにこちらを向いてにっこり笑うと、

「まあいいや、次は雄哉って呼べよ」

「つ、次？」

またわけのわからないことを言う。

「終わったんだから終了でしょう？」

「なに言ってんの。一回ってひと晩のことだろ。俺はまだ、千秋の全部を見てないぞ」

ひと晩くらいじゃ全部は見られないだろ……。

具体的に全部ってなんのことなのか。私が困惑していると、柴谷は横向きになり胸に手を伸ばしてきた。

「ちょっと……終わったばっかりでしょう」

「まだ足んない」

彼の手を払って背を向けると、背後から抱きついてくる。尻に半勃ちのものを押し当てながら、前に回した手で胸の先端をつまんできた。

「やっ……やめてくださ……」

「じゃあ、俺の勝ちってことでいいの？」

「……勝ち？」

手のひらでやわやわと揉みしだきながら、先端を指先で弄《いじ》る。擦ったり引っ張ったりされるたび、既にとろけきったあそこがムズムズして内股を擦り合わせた。

「千秋、何回イッた？　俺は一回しかイッてないよ」

「そりゃ、男はそう、でしょっ」

わずかに脚を開いてやると、その隙間に柴谷の肉棒が差し込まれた。私がそれを両脚で挟むと、彼は私の秘部を擦りあげながら太ももの間でゆるく腰を振る。

「ズルくない？　あんなに煽っといてさ。ちゃんと満足させてくれなきゃ、約束は無効」

——馬鹿言え！

確かに気持ちよくて何回もイッた。けど、柴谷を満足させてないなんてことはない。マグロみたいにヤラレっぱなしだったわけじゃない。

第一、あんただってめちゃくちゃ気持ちよさそうにしてたくせに。

私は怒りを込めて脚を閉じる力を強めた。彼のモノは益々《ますます》硬く反り返って私を刺激する。胸の先端をきつくつままれ、滑りのよくなった股の間からぐちゅぐちゅと大きな水音が響く。

「約束を反故《ほご》にすれば、無理やり寝ておいて約束を破ったって、課長に相談します。きっと、非難されるでしょうね」

息を荒くしながらなんとか反論してみせると、彼は私のうなじに噛《か》みついた。ピリとした甘い刺激。歯を食い込ませながら、舌で優しく舐める。

「あぅ……っ」

「シンスケが黙ってないって？」

「……シンちゃん？」

かなり前に別れたはずの元彼の名前を出され、私はポカンとする。

今は連絡先さえ知らない彼が、関係ある？　というか、なんであんたが知ってんの？　接点なんてないはずだ。

わけがわからず固まっていると、柴谷は刺激するのをやめ、私をぎゅうと抱きしめながら耳の裏側に何度も口付けをする。

「シンちゃんって呼んでんだね」

なぜか寂しそうに呟いて、熱を持った体をさらに密着させた。全身を背後から包まれるように抱かれて、私の胸が少しだけ高鳴る。まるで恋人にするみたいな甘い仕草に困惑する。

「なぁ、なんで俺のこと嫌いなの？」

しばらくそうして抱きしめられた後、ふいに柴谷が尋ねた。

嫌いなことを本人に「なぜ」と訊《き》かれるのは気まずい。本音をぶちまける必要も感じないので、誤魔化《ごまか》すことにする。

「そんな、嫌いだなんて、柴谷さんはお仕事もよくできて尊敬しております」

一部は本当。いい男ではある、下半身以外。

「嘘つけ、バレバレだわ」

ですよね。

背中越しの不満そうな声に笑うと、柴谷が少しだけ唸って私の髪に顔を埋める。

「やっぱ恨んでんだ、あのこと……」

「え？」

恨む？　恨むようなこと、あったっけ？

ありすぎるような、全くないような。成績で争ったこと？　口煩《うるさ》くお小言を言わなきゃならないこと？　泣いてる女子のフォローをさせられてること？　社外で手を出した女性へ秘密裏に謝罪へ行ったこと？

どれも面倒くさかったが、恨む、とまではいかない。第一、恨んでいたらセックスなんて気持ち悪くてできない。

困惑する私を無視して、柴谷はぎゅうぎゅうに抱きしめてくる。

「あぁ、やっぱあの時食っときゃよかった。お前がこんなにエロいなんて、知らなかったし」

あの時。どの時だ。こいつとふたりきりになんて、なったことないぞ。

きっと別の女と混同しているんだろうな……。

まあ、別にそれでも不都合はない。とにかく満足させて、大人しくしてくれたらそれでいいのだ。

あとはもう、自己処理でも彼女作るでも風俗でも、お好みでどうぞ。

されるがままになっていると、柴谷は力を抜いて私の髪やら生え際、首の後ろに何度もキスをしながら、また腰を振りはじめた。

「……このまま挿《い》れます？」

避妊具を取ろうとベッドサイドに手を伸ばすと、彼が私の手をつかんだ。

振り返ると、鼻先にちゅっとキスされる。思わずビクリとしてしまうと、彼は少し笑って手を放した。

「乗って。お前がイかせて、千秋」

甘えるような仕草と口調に、不覚にも胸がきゅんとなる。

私は手早くゴムを装着してやると、彼の上に跨《また》がった。

やり返すチャンスだ。狙いを定めてゆっくりと腰を落とし、柴谷のすべてを飲み込む。腹の上に手をついて、ぐりぐりとうねるようにグラインドしてみせると、彼は呻《うめ》きながらきつく目を瞑《つぶ》った。

ムカつく男がよがっている姿を見下ろすのは、気分がいい。調子に乗って腰を振る。腹の中で苦しいくらいに柴谷が猛《たけ》り、奥のいいところに当たって背筋がゾクゾクしてくる。

「これで約束は、有効、でしょ？」

余裕ぶりながらベッドへ手をついて柴谷の方へ体を倒すと、彼は目を開けて私を見上げた。

睨んでいるのに、少し涙目なのが可愛い。キスしたそうに自らの唇を食《は》むのを見て、少しだけ後悔する。今したら、きっとものすごく気持ちよかっただろうな。

私は腰を引き肉棒を先端まで引き抜く。そして、一気に奥まで飲み込んだ。

「うぁ……っ」

擦りあげながら奥まで飲み込めば、柴谷が声をあげて体を反らせる。さらに硬度を増して膨らむ熱の塊に、私も限界が近付く。

それでも頑張って腰を振っていると、彼が私の首筋に口付けしながらグッと腰を押さえつけてきた。

押《お》し止《とど》められ、今度は逆に、彼が下から突き上げてくる。

「や……っ！　はっ、ん、だめです、柴谷さ、わたし、が」

「敬語、やめろっ」

ひと際大きな水音と、秘所が擦れ合う卑猥《ひわい》な音が響く。

柴谷はずっと敬語に拘《こだわ》っている。確かに同期だし、敬語の必要なんてない。こんな時にまで言うなんて、よっぽど気にしてるのか。

「……せめて、今だけでも」

懇願され、またも陥落してしまう。

私は上擦った甘い声を出しながら頷いた。

「……っん、わかっ、た」

「じゃあ、俺のこと好きって、今だけ、言って」

ついでのようにねだられ、気持ちいいところを擦られる。イきそうになった私は、必死になって頷いた。今だけなら。嘘でいいなら。

「うん、好き、雄哉すきっ、もっと、もっと激しくっ」

「俺のモノが好きってことね」

自分で言わせたくせに、自虐的な笑みを口の端に浮かべて、それなのに彼の強張《こわば》りは私の膣内《ちつない》でさらに主張する。彼は苦しそうに息を吐くと、思い切り突き上げた。

そして数回、素早く突いた後、彼は先程イッた時よりも幾分、大きく深く震えた。

――その後、お風呂で洗いっこしながら一回。綺麗になったところでお互いのものを舐め合って、また柴谷を一回イかせた。

「ごっくんしてくんないの？」なんてふざけたことを言うので、思い切り不味《まず》そうな顔で吐き出してやる。

そのあとベッドに戻ってもう一回。

……柴谷、あえて言おう。

五回も出すとか、お前は十代男子かっ！　絶倫かっ！

毎夜毎夜、違う女抱いといて元気だなっ！

ひと晩でこれだけヤるとか久しぶりだ。なんだかんだで私も楽しんだけれど、久々のセックスはあそこがヒリヒリする。もうくたくただ。

時間的には始発が走り出してだいぶ経《た》つ。一眠りするより帰ろうと、私は服を手探りした。

「はぁ……満足されました？　約束、守ってくれますよね？」

「突然、素《す》に戻るのやめろよなー！」

下着を着けながら言う私に、柴谷が呆れ顔でツッコむ。けれどすぐガシガシと頭を掻いてため息を吐いた。

「あーもう……満足はしてねぇけど、いいよ」

「ありがとうございます」

あれだけヤッといて満足しないとかどんだけ。絶倫こわい。あ、だからヤリチンなのか、なんか納得。

私が簡単にお礼を言って服を着たのを、ベッドの上で見届ける柴谷。

まだぼーっとしているのかとろけた表情でこちらを見ているので、「余韻に浸りたいのもわかりますけど、さっさと着替えて出ましょう」と急《せ》かすと、彼はカッと赤くなった。

「ふん。布施なんて、全然たいしたことなかったっ」

「左様で」

膨れながらソッポを向く、その明らかすぎる強がりに、思わずクスリと笑みが漏れる。

こいつがなんで同性にも人気があるのか、少しだけわかったような気がする。

つまり、柴谷は面白い系馬鹿なんだ。馬鹿可愛いというか。

……馬鹿には変わりないけれど。

◇

こうして柴谷との契約が済み、私の任務は終わった。

契約書と録音は、コピーをとって家の金庫へ厳重に仕舞《しま》っておく。これでもう、柴谷は好き勝手できない。

もし約束を破ったりしたら契約書を出して脅してやるつもりでいたが、意外にも柴谷はあっさりと女遊びをやめてくれた。

お誘いを断られた女子たちはガッカリしていたが、私には関係ない。これで目障りな時間外業務もなくなるし、彼女たちを宥《なだ》めたり慰めたりする必要もなくなる。なんて素晴らしいのだろう！

私が毎日ご機嫌で出社していると、顔を合わせた柴谷が何か言いたげに見つめてくる。

こいつのことだから、さっそく我慢できなくなってきたのかもしれない。

だけどそれに取り合ったら負けだ。呼び止められても話しかけられても、スルーを決め込むことにした。

私は解放されたのだ。触らぬヤリチンに祟《たた》りなし。

そうして何事もなかったかのように平和な日々を謳歌《おうか》していると、柴谷がだんだんと拗ねた表情になってきた。

なんだろう、あの目。物欲しそうな、それでいて挑むような、あの目は。

意識すると、なんだか柴谷と寝た日のことを思い出してしまいぞくりと背筋が震えた。

絡みつくような視線は、ベッドの中で感じたものと同じ――そう気付いたら、体が反応してしまう自分がいる。

だめだ、あの目に捉われてはいけない。

私はその視線を受けるたび、思いっきり嫌な顔を向けてやる。

確かにあいつの顔は特別良いし、えっちはかなりよかった。今もたまに思い出しては、気分が昂《たかぶ》る時もある。

だけど、私が柴谷と寝たのは契約のためだ。どんなに気持ちよかったとしても、二度と彼とああいうことをする気はない。する気はないのだ。

2. 俺の気持ちと夏の虫

アスファルトの上で、夏の風物詩が死んでいる。
ジ、ジ……と呻き声のように鳴きながら、ゆるゆると緩慢に手足を動かし、やがて動かなくなる。
セミだ。

俺はセミだ。

騒ぐだけ騒いで、迷惑がられて死んでいく。

ただセックスしたいだけなのに。

もっと言うと、いい女と気持ちいいセックスがしたいだけなのに。

もっともっと言うと、布施としたい。布施千秋と一日中絡み合っていたい。

なのに一回きり、もうできないなんて……。

「俺はミンミンゼミだ……」

「死にゆくセミに感情移入するな、柴谷」

取引先からの帰り道、横を歩く先輩の佐藤《さとう》が呆れたように言い放つ。

俺は涙目になりながら、「布施とセックスしたい……」と呟いた。それを聞いて、佐藤が嫌そうに眉をひそめる。

「また種を撒くのか。しかも社内の、一番当たりの厳しい女にか」

「もう種なら蒔《ま》きましたよ。○・○一ミリの壁に阻まれたけど」

「は？」

佐藤が双眸《そうぼう》を見開いて俺を見た。驚きと、不審と、なんか諸々《もろもろ》を感じる。まさか無理やり襲ったんじゃないだろうな、とでも言いたげだ。

「どうしてそうなった？　もしかして最近、お前が大人しいのに関係あるのか？」

そう、俺はあれからちゃんと約束を守っている。

社内外問わず、やたらと誘ったり誘われたりはやめた。まぁ、めぼしいのは殆《ほとん》ど食ったし、だけどたいして夢中になれなかったし、飽きてきたところだからそれはいいんだ。

問題なのは、俺が――いや、俺の体が、布施を求めているということだ。

気持ちよかった。だけど、キスもしてない、させてもらえなかった。したいとねだられるくらいの思いを、俺がさせられなかったからだ。

本気の俺はもっとスゴイ、はずだ！

たぶん、これは心残りだ。布施をギャフンと言わせられなかった後悔だ。

「……もうすぐ昼だし、飯食いながら話聞いてもらえますか？」

「食事しながらシモの話、やだなぁ……」

佐藤が苦笑いしながらも、先輩らしく「仕方ねぇな」と頷いてくれる。なんだかんだ気になるらしい。

俺と佐藤は手近な定食屋へ入った。

昼を少し過ぎてはいるが、店内はまだ騒がしい。空いていると逆に話しづらいから丁度よかった。

少し奥めの席に陣取って注文し、小声で話しはじめる。

「最初は、面倒くさいから俺に惚《ほ》れさせたらいいじゃんって思ったんですよね。だから寝ることにしたんです」

「おう、いきなり馬鹿だな」

オシボリで手を拭きながら佐藤が言う。俺は軽く無視して先を話す。

あの晩、布施千秋とした話。彼女とした約束――。

それらを聞いた後、佐藤は食べていた天丼を半分も残して箸を置き、「聞くんじゃなかった、頼むものまちがえた」と言って青い顔をした。

唐揚げ定食を完食した俺は首を傾《かし》げる。

「柴谷。お前のそれ、犯罪、セクハラ、もうアウト」

「えっ！」

俺とセックスできて、セクハラになるの？　――なんてアホな事は言わないが、いや、大人の男女が了承済みで同意のもとで体の関係を持ったんだぞ。なんか文句あんのか、司法！

「強要になるよ。彼女は仕事の延長で来たようなもんだし、訴えられたらマズいぞ」

「千秋はそんなことしませんよ！」

「……千秋て。まぁ、布施はそういうことしないだろうな。自分で責任を持つタイプだし、したくなかったら死んでもしないだろう」

「でしょ!?」

したくなかったら死んでもしない、の言葉に、なぜかテンションが跳ね上がる。佐藤は困った顔をしながら、「で？」と促してきた。

「で、って？」

「なんか悩みがあるんだろ。まさか布施とセックスしたい理由が、気持ちよかったから、なんて言わないよな？」

「うっ」

図星を突かれて言葉に詰まると、佐藤は苦笑いしながら冷茶を啜った。

理由なんて気持ちよかったからと、多少の心残りがあるからだ。

また誘いたいけど、布施はあんな事があった後も、何もなかったみたいにケロッとしてやがった。

俺が目配せしてもスルーだし、呼び止めても躱《かわ》されるし、今までもそうだったけど、今までと同じかい！　みたいな。

なんか反応変わってもいいのに。ちったぁ赤くなるとか、そーゆーのないんですかね。またヤりたいって思ってるの、俺だけなんですかね。

俺はあの日、ずっとヤリたいと思っていた面倒くさい女を組み敷けて大満足だった。布施はいつも課長にべったりで、俺には態度悪くて、口説く余裕もなかったから。このまま俺に惚れてくれて、ツンツンした態度が軟化して、また抱いてってお願いされる予定だったのに。

なのに、布施にとってあの夜は本当に約束のためだけで、俺との事なんてなかったことになってるんだ。

そんな風に処理された相手に、またしたいなんてなかなか言えない。

「単にもう一回ヤりたいのか。それとも付き合いたい？」

「付き合う？　俺と布施が？」

考えたことなかった。

俺と布施が？　釣り合わないだろ、俺と布施じゃ。あんな負けず嫌いと付き合うとか。事ある毎に張り合って、そんでどっちがセックス上手《うま》いか競ったりするハメになる。で、まあ当然、俺が勝ってあいつに参りましたって言わせて、涙目のあいつに「好き」って言ったら、千秋は「私のがもっと好きだもん！」とか言って、また言い争いになって、一晩中勝負し合うことになっちゃって

……。

「なにニヤけてんだ、気色悪い」

おっと。なんか一瞬、変な世界に飛んでた。

「すみません、ちょっと布施をギャフンと言わせること考えてました」

「お前、ほんと布施が好きだな」

「……………すき？」

きょとんとする俺に、佐藤は奇妙な顔をした。

「好きだからヤりたいし付き合いたいんだろ？」

「あんなすましててムカつく女、好きなわけないでしょう。第一俺は布施なんかよりイイ女たくさん抱けるし、困ってないし、好きになる理由ないし。まぁ、仕事とか生き方の姿勢？　みたいなのは好きだけど、それは人としてっていう意味で。だから俺は全然好きではないけど、まぁ、もし？　もしもあいつが俺を好きだっていうんなら、付き合ってやらないこともない、くらいな感じ？　ですかね」

「……どんだけ強がりなんだお前は」

佐藤はクックッと笑いながら言った。何がおかしいのかサッパリわからない。なんでしたり顔なんだ佐藤！

「布施のことになると、ことさら変なんだよなぁ、柴谷は」

それはたぶん、あいつが口煩いからだ。佐藤の戯言《たわごと》を聞こえないふりでスルーしてソッポを向くと、彼はニヤつきながら「行くぞ」と伝票を持って立ち上がる。そして俺の背をポンと叩くと、

「きっかけくらいは作ってやるから、あとは自分でなんとかしろ」

と言ってレジへ向かった。

◆

帰社すると、会議を終えた課長の後ろをついて歩く布施を見かけた。

布施は愛想のいい笑顔を浮かべながら、課長——古賀晋助《こがしんすけ》と親しげに言葉を交わしている。

彼女は課長と組んで補佐役をすることが多く、仲が良い。

それに——。

『シンちゃん』

あの晩に彼女の口から出た名前。それはたぶん、この古賀晋助のことだろう。

仕事もできるし女にもそこそこ人気がある。三十代でややガッチリとした体型の爽やかな好人物。彼女が惚れるのも仕方ない。

それを知ったのは偶然だった。

会社での飲み会。タチの悪い上司に飲まされまくり、生来の負けず嫌いで対抗した布施は、具合が悪くなってトイレに立った。

中庭を望む離れへの通路で、うずくまっていた彼女を見つけた。慌てて駆け寄ると、彼女は壁に寄りかかって寝ていた。

声を掛けても反応が薄い。抱きかかえるようにして立たせようとするも、力が抜けていた。

仕方ないので俺もそこに座り込み、彼女を抱きしめてこちらに寄りかからせる。背中をさすったりして介抱しながら、赤くなった顔を覗き込んだ。

わずかに開いた唇、甘い吐息、だらんとして熱くなった体。わざと引き寄せ、色々なところを密着させてみる。完全にセクハラだ。わかってはいたが、彼女が起きないのをいいことに、背中や髪を撫でる。

布施は意識があるのかないのか、触るとわずかに反応した。生真面目そうでいつもツンとしていて、生意気な同期の布施。その布施が喘ぐのが楽しくて、偶然を装って触れる。

だめだ、自分も相当酔っている。手が背中から腰へと滑りかけ、思いとどまる。誰か女子を呼ぼう——そう思って意識を奮い立たせた、その時。

「シンスケぇ……」

抱き寄せた胸の中、布施が甘く囁いて俺の首元に顔を埋めた。

そっと胸板を撫でて、首筋に唇が掠める。くすぐったさからか、ゾクゾクと背筋が震え、心臓が高鳴った。

シンスケ。

弄られて昂った彼女が呼んだ、それが彼氏の名であることは明白だ。シンスケといえば、当時の彼女の教育係であり、現課長。古賀晋助しかいないではないか。

本当は、あのままどこかに連れ去りたかった。でも、まだ新人の部類である自分が先輩の彼女に手を出せるほど、身の程知らずではなかった。

俺は古賀晋助と自分のために、彼女を我慢した。他に女はいくらだっているし。俺モテるし、困んないし。ヤリ放題だもん。

――なのに、古賀晋助は昨年、結婚した。

てっきり付き合っているものだと思っていた俺は困惑した。変わらぬ様子で笑う布施に、まさか不倫なのかとハラハラしている。

慰めようにも、彼女にはもう声を掛けられないくらい溝が深まっていた。

あの日以来、なんかもっと冷たくなった気もするし。触ったのがバレていて恨まれているのかもしれない。シンスケのことがバレたのを、怒っているのかもしれない。

でも、俺のことはいい。それよりも、古賀晋助だ。

布施が陰で泣いていたら可哀想《かわいそう》だ。こいつは強がりで負けず嫌いだから、きっと誰にも弱音なんて吐けないし、付き合っていることすら誰も知らないかもしれない。

そんな思いを彼女にさせるなんて、古賀、貴様ゆるせん奴。

「おい……課長を睨むな」

佐藤が俺の頭を叩いて、課長の方へ歩み寄る。

「お疲れ様です」

「お疲れ。どうだった？」

「仮契約まで持ち込めましたよ。あとは先方と企画を詰めてって感じですねー」

佐藤と課長が話すのを後ろで聞きながら、布施へこっそり視線をやると、ちょうどパチリと目が合った。すると彼女はわずかに眉間に皺《しわ》を寄せる。なんでだ。

でも俺は微笑む。俺が微笑めば、女は皆とろけるのだ。でもまぁ、布施は益々嫌そうに皺を深くしたけど。

立ち話と軽い労《ねぎら》いが終わり、俺たちは彼らとすれ違って別れた。

振り返ると、布施の凜《りん》とした後ろ姿が見えた。彼女は背筋を伸ばし、束ねた髪の緩く巻かれた先端を揺らしながら堂々と歩いていた。細い首や腰、程よく張った尻、あのスーツの下の艶《なま》めかしい裸体を思い出しながら目でなぞる。

あれ以来、会社での彼女を見る目がすっかり変わってしまった。ツンとした強気な女から、淫らで妖艶な女に。

それを課長は、ずっと好き勝手してるんだよなぁ……。

そう思うとものすごくモヤモヤする。課長はあのエロさを知っている。しかも好かれて甘えられて、自分から求めまくる俺の知らない布施を。

……なんか許せない。あのくそ不倫野郎め。

「おい、柴谷。ちょっと頼まれてくれるか」

自分のデスクで負のオーラを出しまくっていた俺に、佐藤が声を掛けてきた。話を聞くと、布施が資料室で探し物をするのを手伝ってやって欲しいとのこと。

……それって、アレだよな？

資料室は人気《ひとけ》がなくて、薄暗くて、鍵もかかる。そんなところに若い男女がふたりきり……。

うん、佐藤先輩さまさま！　意図はわかったぜ！

俺は思いっきり佐藤に向かって親指を突き立て、「お任せください！」と答えた。すると途端に佐藤は顔を曇らせる。

「いや、違う、本当に手伝って。せめて話し合うだけで……」

なんかごにょごにょ言ってるけど、そんな不安そうにしなくても大丈夫。ちゃんと成功させてみせますって。

俺は勢いよく飛び出して、資料室へ猛然と向かう。

そうだよ、話し合うなら体でだ。何を迷うことがある。あのくそ不倫野郎から、可哀想な布施を救う。さらに俺が布施を抱いて、惚れさせて、キスする。

それで万事解決、いい作戦だぜ！


「柴谷くんドコ行くのー？」

「トイレ!!」

資料室へ続く廊下を猛スピードで歩きながら、話しかけてくるかわい子ちゃんを躱しまくる。

有能さ溢れる身のこなしのおかげで、彼女たちは「頑張ってねー」と笑顔で手を振ってくれた。

よし、誰にも尾《つ》けられてないな!?

「布施ぇぇぇぇっ！」

少し重い資料室の扉を勢いよく開けると、室内に並んだ事務用の棚からファイルを取り出している布施と目が合った。

彼女は怪訝《けげん》な顔をして「なんですか？」と素っ気なく聞いてくる。

俺は無言で扉を閉めると、室内に他に誰も居ないのを確認し、後ろ手に鍵をかけた。

「ちょっと……」

咎《とが》めるような声をあげた布施に、俺はにっこりと微笑んで安全アピールをしながら近寄る。だが、布施はなぜか顔を強張らせて後退《あとずさ》った。

「俺、布施とちゃんと話がしたくて」

「お、お話……だったらまた後で時間を取ります。今は、資料を探さないと、ね？」

ゆっくりとした口調で言い聞かせるように喋《しゃべ》る。警戒されてんなぁ。

「探し物って、今やってるプロジェクトと関係あるやつ？」

「……直接はないんですけど、数年前に似たような企画があって、予算とか場所とか参考になりそうなので……」

「ふぅん」

急に仕事の話を振った俺に戸惑いながら、布施は探している資料の詳細を説明してくれる。聞きながら、周囲の棚を見渡す。

定期的に整頓はされているが、忙しい時期の後は荒れ放題だ。今はちょうどその時期で、雑多に仕舞われたファイルやら段ボールやらが、事務用の丈夫で無骨なラックに詰め込まれている。

俺は移動しながらそのいくつかに手を伸ばした。

「あった、これだろ？　あと、これとー、これだ」

彼女の探していたファイルや資料の束を持ってきて手渡す。

「え、えっ、ありがとう、ございます……」

あっさりと見つけたことに不思議そうな顔をして俺を見上げた。目を見開いてビックリしているのを見て、得意になってフフンと笑ってみせる。

俺はここをよく使う。

資料室は薄暗く、鍵がかかる、故に逢《あ》い引《び》きにピッタリだ。女の子を連れ込んで、でも仕事もしなきゃいけないので、一秒でも早く資料を見つけつつ探すフリをして遊ばなければならない。

そんなわけで、何がどこにあるか、誰がどこにどんな風に何を置くか、法則性を把握しているのだ。資料室の魔術師とは俺のこと！

布施はそんな俺を尊敬の眼差《まなざ》しで見つめている。

「お話、でしたっけ」

お礼のつもりか、話をしてくれる気になったようだ。受け取ったファイルやらを空いている場所に一旦置いて、こちらに向き直る。

その隙に、俺は一歩間合いを詰めた。

「ちょ、柴谷さ」

「千秋。俺は約束守ってるよな？」

棚に手をついて屈《かが》み、彼女の瞳を覗き込む。追い詰められた布施は、棚に背中をくっつけて体を反らした。

「……守ってると思いますけど」

「じゃあ、ご褒美くれてもいいよね？」

「は？」

あ、すごい睨んでくる。清々《すがすが》しいくらい嫌な顔してる。可愛いなあ……いや、可愛くない。可愛くないぞ、生意気だ。お仕置きが必要だな。

俺は睨みつける布施の目頭にちゅっとキスをする。

途端に彼女の目は吊《つ》り上がり、「やめてください！」と言って胸を押してくるが、やめてやらない。胸元で力いっぱい抵抗する彼女の手をつかみ、頬や耳元に口付けしまくってやる。

「いやっ、お化粧が剥げるから、ほんと、あぁ、もう、面倒くさいな！」

「イテッ」

ゲシッ、とスネをヒールで蹴られる。このやろう。

俺が一瞬怯《ひる》んだ隙に逃げようとするが、そう易々《やすやす》と力を緩めたりはしない。つかんでいた彼女の手を捻《ひね》り上げると、片手でネクタイを解き、背後の棚に後ろ手に縛り付けた。

「……叫びますよ」

「えー、そんな物欲しそうな顔してるのに？」

俺が茶化《ちゃか》すと、布施が眉をひそめてソッポを向く。だけどその顔は赤く、目は少しだけ潤んでいた。

こいつ意外とMっ気があるのかな。それとも、俺とした時のことを思い出しちゃったのか。わかりづらいけど、確かに期待している。

「こんなところで最後までは、絶対イヤですからね」

「うーん、そうだね、やめられたらやめるよ」

わざと曖昧に答えて、プチプチとブラウスのボタンを外していく。

見え隠れしていた胸の谷間が露わになる。下着を乱暴に下へずらすと、押し上げられ盛り上がった膨らみとその先端が、俺に舐めて欲しそうにツンと上を向いた。

後ろ手に縛られているので、胸がより強調されてエロい。もちろん遠慮なくしゃぶりつく。

「っ……ん、ふ……」

ちゅうちゅうと吸い付きながら腰を抱き寄せると、身動きの取れない布施が身を捩《よじ》らせる。

「なんで……ご褒美なら、私じゃなくても……」

涙目で胸元の俺を見下ろし、喘ぎながら尋ねた。

愚問だな。愚問すぎる。お仕置きに空いている手で乳房を揉みしだく。

「約束じゃん。お前とする代わりに、他には手を出さない」

「拡大解釈です……それに、会社に関係していない女性となら、いくらでもしたっていいんですよ？」

なんだと。誰がお前以外とするかよ。

好きでもない女に声掛けて誘って下準備して、もうそんなんで頑張れない。お前がさせてくれたら、それだけで充分なんだから。

でもそう言ったらまるで好きみたいで誤解されそうだから、言わない。

「……千秋、我慢できない」

嘘じゃないけど、ちょっと嘘をついて誤摩化すと、布施は困ったような顔をした。

「今、したいって、こと……ですか」

「俺をこんなにした責任を取って」

閉じた両脚の間に膝を割り込ませ、猛った下半身を擦り付けながら耳元で囁く。布施が小さく震えた。さらに押し付けて彼女の首元を舐め、胸を弄る。

抵抗できない布施はされるがままだ。乳首をつねりあげて首筋に噛みつくと、抑えきれず可愛い声をあげる。

「やだ、まって、柴谷さん！」

「待たない。千秋を見てたら止まれない」

スカートの中に手を伸ばし、黒のストッキング越しに割れ目に指を這わせると、ぐっしょりと濡れていた。

「感じてんじゃん」

「やめて……」

恥ずかしそうに顔を逸らす。そのしおらしい様子に燃えて下着の上からぐにぐにと刺激すると、布施が押し殺したような声で喘いだ。

「あっ……あぁ、柴谷さん、だめ……」

それなのに、布施はまだ喘ぎながら拒否してくる。葛藤しているのか、まるでそうすることで言い訳をしているみたいだ。

「本当にやめて欲しい？」

「んっ……やめ、て……、っぁ……おねが、い……っ」

弱々しい声の拒絶が、まるで煽ってるみたいだ。

布施は「だめ、だめ」と艶っぽく繰り返しながら、どんどん息を上げていく。目を閉じて俺から顔を逸らし、耐えるような素振りを見せながら喘ぐ。押すな押すなと言いながら、押されるのを待っているのが丸わかりだ。

もっと触ってやりたい。イかせまくって、残っている理性もめちゃくちゃに溶かしてやりたい。

そのために、下着をずらしてグイと指を布の中に突っ込む。

「ひぁッ！　あ、あ、やん」

「なにそれ可愛い」

強く触ると、布施が堪《こら》えきれずに甘ったるい声で鳴きはじめた。俺は調子づいて彼女の入り口を指の腹でなぞりまくる。

下着を上手く片側に寄せると、黒いストッキング越しに薄っすらと布施のあそこが見えた。そのままイくまで突起を弄り倒そうと、指に力を入れた、その時。

――ピリッ。

小さく裂けるような音がして、ストッキングに亀裂が入る。わずかに透けた黒の一部に、伝線して露出した白い肌がラインのように数本の線になって走っていた。

「あ、うわっ、ごめん！」

「……いえ、大丈夫です。ロッカーに予備があるので」

素に戻ってしまった布施が冷静に言う。

ちくしょう、終わりかよ。でも空気変わっちゃったし、このまま続けるのも変だし。

惜しみながら彼女を縛っていたネクタイを解こうと身を寄せ、背後に腕を回す。

「だから、もう破いちゃっていいですよ」

「え」

腕の中で、布施が身動《みじろ》ぎしながら囁いた。思わず胸の中の顔を覗き込むと、真っ赤になってこちらを見上げている。

涙目の上目遣いに、わずかに開かれた両脚の間から破けたストッキングの上を蜜が伝う。艶っぽい唇から、熱い吐息がこぼれる。

「やめないで。ちゃんとイかせて……」

お願い、雄哉——。

その言葉を聞いたのと、俺の自重スイッチがぶっ壊れたのは同時だった。


薄暗い室内に水音が響く。

無理やり破いたストッキングの隙間から指を入れ、膣内を掻き混ぜまくった。すぐにきゅうきゅうに絡みついて、何度も痙攣《けいれん》する。

「あ、あ、や……——っ、あぁっ！」

「またイッた？」

「……んっ」

赤い顔でコクコクと頷く。

それにしても、見た目がヤバイ。

脱がせて触るなんてナンセンス。縛ってる上にビリビリに破けてるのが襲ってる感があってイイ、と、遠慮なく破いて擬似強姦《ごうかん》ゴッコをしているのだが、視覚的破壊力は布施にも影響しているのか、さっきから何度もイキまくっていた。

「お前、エロいだけじゃなくて感じやすいのな」

ビンビンに勃った乳首をつねりながら言うと、布施は口の端から涎《よだれ》を垂らしながら俺を軽く睨む。

「ちが……柴谷さんが、無駄に経験値あるから」

「俺が上手ってこと？」

「無駄に経験してて慣れてるせいで」

「……認めないのね」

意地っ張りな布施のために、もう一度、割れ目に指を這わせる。愛液でぐちゃぐちゃのとろとろのそこは、俺の指が触れるとすぐに歓喜に濡れた。吸い付くように絡んで、奥へ奥へと飲み込もうとする。

「ふぁっ……ぁ、んっ！」

指で弾けば、布施がまた体を反らした。胸を揺らして誘ってくるので先端に柔く噛み付くと、布施は上擦った甘い声でよがる。

「挿れてあげたいけど、たぶんもう時間切れだろうなぁ」

なんとなくだけど、そろそろ佐藤から怒りの電話がかかってくる気がするんだよな。あの先輩、いつもちょっとタイミング悪いから。

俺の呟きに、布施がはぁはぁと呼吸しながらこちらを見た。

「でも、柴谷さんが我慢できなくて、ってお話だったのに」

自分ばっかり悪いっていうより、なんで私ばっかり？　とでも言いたそうな顔だ。

「いやー、なんかある意味、大満足しちゃった」

布施が可愛かったからいいや。今までのツンツンより、ちょっとデレてきたんじゃないかって思う。精神的に満たされた。体の方は痛いくらい勃起していて益々辛《つら》くなったけど。

「でもまぁ、埋め合わせはしてもらおうかな？」

「こっちは襲われた上にストッキングを駄目にされたのにですか？」

「う。……それはごめん、本当ごめん」

調子に乗ったことを謝り倒しながら、布施の手を解放すると、彼女は仕方なさそうにため息を吐いて許してくれる。

そして駄目になったストッキングを脱ぎ捨て下着や服を手早く直すと、ほんの少し考えてから、こちらに向き直ってこう言った。

「いいですよ」

「へ？」

「まあ、契約は守っていただけているようですし。ご褒美をあげてもいいですよ」

「ほんとにっ⁉」

これからどうやって口説こうかと考えていた俺は、思わぬ提案に飛びつく。

ご褒美！　なんて良い言葉なんだ。ご褒美万歳！

そんな大喜びの俺とは逆に、さっさと素に戻った布施はやれやれと苦笑した。

「こんな場所で盛《さか》るほど、柴谷さんの我慢は限界みたいですから。……そこまで私としたいだなんて、仕方ないですね」

「ちっ、違うし！　あの一晩じゃ、俺はまだまだ満足できてないだけだし！」

だから別に、布施としたいわけじゃなくて、契約だから布施としかしないだけだし！

俺が丁寧に間違いを訂正すると、布施がくすりと笑う。

「では、お互いに満足できなかったということで」

「布施も？」

そう問えば、彼女は少しだけ照れたように頬を赤らめて頷く。

「ええ、そういうことにしておいてあげます。それに、一方的にイかされるのは趣味じゃないの。やられたら、やられた分だけやり返したいです」

「……それでこそ」

それでこそ、俺の千秋。

というわけで、俺たちは今夜、落ち合う約束をした。

仕事が終わったら外で待ち合わせて、セックスをする。セックスをする！

布施は笑って「ひとりでするの禁止ですからね」と言うと、まだ勃起したままの俺のモノをズボンの上から軽く撫で、ファイルを抱えて資料室を出て行った。

……おい。そんなことしたら、収まるもんも収まらねぇよ、馬鹿！

3. 勝負は続く……！

もう言い訳できない。

なんの意味もなく、柴谷と寝る予定を立ててしまった。

ロッカールームで買い置きのストッキングに履き替えながら、ひとりため息を吐く。

「あーあ、やっちゃった……」

せっかく柴谷とは接触しないようにしてきたのに――。

あの夜以来、彼のことを前ほど嫌悪しなくなってしまった自分に気付いていた。

おまけに、変に意識している。好きとかそういうんじゃない、今でも充分ウザい。だけど心のどこかで、また抱かれたいとも思ってしまう。

あの目――縋《すが》り付くような目でじっと見られると弱い。それに、

『約束じゃん。お前とする代わりに、他には手を出さない』

そんなふうに言われたら、まるで私とだけしたいみたいで、胸と一緒に体の奥が疼く。

元彼《シンスケ》と別れてから約一年ぶりの濃厚な交わりに、眠っていた快楽の蕾《つぼみ》が花開いてしまったのかもしれない。

あぁ、それもこれも、あのヤリチンチャラ男が予想以上によかったのが悪いのだ。

相性とかテクニックとかはよくわからないけれど、彼は私のして欲しいこと、思っていることを読むのが上手い。彼が男女問わずモテている本当の理由はきっとコレで、アホなことを言いながらも、なんだかんだで可愛がられるのだ。

……そんなアホ柴谷に絆《ほだ》されそうになっている、この会社で数少ない対抗勢力の私、しっかりしろ！

ぐらぐらに揺れる心を、自分で叱責する。

なにしろ、あいつは仕事中にも拘らず「我慢できない」とかぬかす絶倫男なのだ。

いつもどんだけ遊んでるんだ。私にしたようなこと、いつも会社のどこかでしていたのだろうか。

それなのに成績がいいなんて、恐ろしい……。

私がしっかり手綱を握らないと、またすぐ女に手を出しまくって、トラブルを呼び込んでくるに違いない。

気合いを入れて仕事に励めば、終業時間はあっという間に訪れた。

別に急いでいるわけではないが、用事もないのでさっさと帰り支度をしてすぐに会社を出る。別に本当に急いではいないが、今日はたまたま早く出られた。

ええと、待ち合わせは駅の反対側だったな。すぐに来たと思われるのは癪だから、近場のカフェでコーヒーでも飲んで……。

「布施」

「うわっ⁉」

急に背後から声を掛けられ、ぐいと腕をつかまれる。

振り返ると、余裕のなさそうな顔の柴谷が息を切らせながら立っていた。

「よかった、お前もすぐ出てきたんだ」

彼は安堵《あんど》したように笑い、そのまま腕を放さずに歩き出す。引きずられるようにして、人気のない方へどんどん引っ張られる。

ちょっとちょっと、なにこれ。連行されているみたいで気分悪いんですけど。

「あの、放して下さい」

「わ、悪い」

ハッと我に返ったようにビクリとして、柴谷は手を放した。私が怒ろうと彼の顔を睨みつけると、柴谷は情けない表情で「ごめん、早くしたくて」と言って赤くなった。どんだけだ。

仕方ないので許してやることにして、私はすぐ横の建物を見上げる。

ケバケバしいネオン輝くボロいビルは、古き良き小汚いラブホテル。料金はかなりお安いから、ヤるだけなら充分だ。

「入りましょう」

「え、こんなとこでいいの⁉　スイート取るよ⁉」

いらん。デートじゃあるまいし、なんでスイートルームだよ。どこのセレブだよ。それに、場所なんてもうどうでもいい。早くしたくて、息が切れるほど急いで、腕引っ張っちゃうくらい切羽詰まってるんでしょ？

「ほら。行きますよ」

私は彼の手を取って、さっさとラブホへと足を踏み入れた。

意外にも、中は綺麗で清潔だった。

ただ、薄暗くて狭い。ビジネスホテルみたいになんにもない。別にいらないけど。

料金も後払い制で受付もいない。

煌々《こうこう》と光る部屋のパネルボタンを適当に押してさっさと入ってきたので、柴谷と手を繋いだままだった。部屋に入ってすぐに手を放す。

大きくて骨張った彼の手が離れる時、少しだけ名残惜しい。

柴谷もそうなのか、人差し指の先だけが私の指先にしばらくくっついてから、ゆっくりと滑り落ちた。

「シャワー浴びます？」

「いや、余裕ないって。とりあえず抱かせて」

あんまりなセリフを吐いて、柴谷はジャケットを脱ぎ鞄と共に薄汚れたソファへ投げ捨てた。瞳が劣情に妖しく輝き、乱暴に腕時計を外しながら、獲物を捉えた獣のように私を見据える。

それから繋がるまでは、ほんの一瞬だった。

資料室でイかされまくった私も、我慢し続けた柴谷も、準備なんて必要ないくらい万端だった。

手早く全裸になりベッドへ横たわる。

彼が濡れ具合を確かめるように、一度、私の秘所に指で触れた。ぬるついた指を見てにやりと笑うと、私の上に跨って無遠慮に挿入する。

「――――っぁ！」

いきなり奥まで貫かれ、あられのない声で叫びながら身を捩った。

柴谷は苦しそうに目を細め、ゆっくりと味わうように抽送をくり返す。ずっと欲しかった太くて硬い熱が、内壁を擦りあげながら膣内をいっぱいに充《み》たした。

「ちあき……ナカ、熱いっ」

「はあっ、すご、くるし……」

駆け上がる快感に、思い切り背中を反らす。とろけきった体には刺激が強すぎた。

それなのに、柴谷は遠慮することなく腰を大きくグラインドさせ、入り口から最奥までを責める。

硬く張りつめたモノがミチミチと膣内を押し広げて侵入する感覚に、ため息にも似た熱い吐息が漏れた。

「雄哉、ゆうや……あっ、あん、ぁ……ッ」

自分でも信じられないくらいの甘ったるい声を出して、彼の腕をつかみ爪を立てる。ベッドの上で縺《もつ》れ合《あ》い、高まる快楽に身を委ねれば絶頂はすぐにやってきた。

「だめ……まだイかせない」

柴谷が腰を止めて、痙攣する体を押さえつけるように伸《の》し掛《か》かってきた。

急かすように体を揺すると、彼はさらに体重をかけて動きを止めてくる。

ナカに埋まったものがビクビクと痙攣した。自分だってイきたいくせに。

「なんで……ずっと我慢、してたでしょ？」

「してたよ。でも……俺の方がイイって、教えてやりたい」

彼は苦しそうに息をしながら、わけのわからないことを言い、胸や首筋に噛みつく。

「シンスケよりっ、俺のが、気持ちいいって、言えっ」

「やっ、いっ……ぁ、んんッ」

なぜ元彼なんだろう。会ったこともないはずの男に、どうして固執するのか。

もしかして、嫉妬？

尋ねようにも、言葉にならず嬌声《きょうせい》をあげてしまう。

柴谷は角度を変えて腰を振りはじめ、高まれば止まり、波が引けばまた刺激を繰り返す。時折、奥の壁にグリグリと先端を擦り付け、繋がっていることを思い知らせてくる。

気持ちいい。体が自然と反り返った。

柴谷は私の背中に片手を回し、ぎゅうと抱きしめてくる。根元まで深く飲み込んだ彼の化身が、熱く硬くなりビクビクと震えるのを感じた。

「イきたい……イかせて」

「だめ。……まだ、足んない」

切羽詰まった私の懇願に、無慈悲な言葉が返ってくる。

けれどその言葉も、苦しげで途切れ途切れだ。わずかでも膣内が蠢《うごめ》けば、切ない呻き声を漏らす。

それでも頑《かたく》なに、弾けそうな熱い塊を私のナカにとどめたまま、唇以外にひたすらキスの雨を降らせた。

ちゅっちゅっとわざと音を立て、優しく柔らかく、震える唇を押し当てる。頬に、耳に、額に、瞼に。それは甘い囁きのように、私の耳にくすぐったく響く。

感度が高まっているせいか、キスされるたびに私はとろけ、柴谷の息は荒くなった。

——なんで、こんなことするの。

一生懸命さに、なんだか泣きそうになる。こんな甘い愛撫、私にはいらないのに。

ふいに、惚《ほう》けて開いた口の端から、涎がこぼれ落《お》ちた。

柴谷がすかさず、唇でそれを吸いとる。

唇と唇が、触れるか触れないかで掠めて押し付けられ、体が甘く痺れた。ゆっくりと離れた柴谷をぼうっと見ていると、彼が愛《いと》しげに見つめ返してくる。

視線が絡み合い、頭の芯が熱くなった。

なんで、柴谷はこんな顔をするんだろう？

柴谷の唇は、物欲しそうに半開きになる。私はそれを、ぼんやりと眺めた。

きっと柴谷は、キスが好きなんだ。

前回の時も、したそうに自身の唇を食んでいた。あのおねだりするような可愛い仕草を思い出し、私の奥がきゅうっと収縮する。

「――ぅあッ」

柴谷がビクリと体を強張らせた。私が締めてしまったせいだ。

苦しそうに一息吐くと、彼は涙声で囁く。

「千秋、お前を俺にちょうだい。お前以外いらないから、だから」

なんだそれ。それじゃ、まるで私を好きみたいじゃない。

切羽詰まったせいで飛び出た過剰なリップサービスに、私は心の中で笑う。笑いながら、悦《よろこ》んでいるのを確かに感じる。

「ゆうや……」

名前を呼びながら彼の首に腕を回し、そっと唇を近付けた。

寸前で止めて、躊躇《ためら》うように、つん、と上唇で彼の口を突《つ》ついてみる。

柴谷が目を見開いて固まった。

ほら、していいよ？　したいんでしょう？

今だけ。この時だけ。気持ちよくなるためだけなら、いくらだってあげる。

わざとらしく目を閉じてみせると、柴谷は慌てながら両手で包み込むように私の頭を抱えた。

額をくっつけ、鼻先をスリスリと擦り合わせて、左右の頬に軽くキスをする。

顎に手を添え、人差し指で唇の輪郭を優しくなぞる。

それからようやく、意を決したように、恐る恐る、ちゅっ、と軽く唇をつけた。

「はぁ……ちあき……」

それだけなのに、柴谷はとろけるような甘い吐息を吐いた。

生まれて初めてするみたいな臆病なキスに、思わず微笑んでしまう。

私が笑ったのを見た柴谷は、「千秋、千秋っ」と呼びながら、嬉しそうに、ちゅっ、ちゅ、と啄《ついば》むようなバードキスを何度も浴びせてきた。

やがて下唇を吸うように数回キスすると、潤んだ瞳を細めてこちらを見つめる。

熱い視線が絡み合った。

目を逸らさずにいれば、彼も目を開けたままじわじわと近付いてくる。唇が開いて、吐息がかかる。

わずかに顔を傾ければ、彼は私の頬を大きな手で包み込んで導く。

ゆっくりと、唇が触れた。

熱く柔らかな唇は、混ざり合うように重なる。

歓喜の声を漏らすと、その喘ぎごと飲み塞ぐように、深く食らいつく。彼の舌は私の口内でうねり、歯や口蓋を舐め、唾液を注ぎ込む。溺れるような苦しさと、胸を締め付ける甘やかな熱が私を溶かす。

私は柴谷の背中に腕を回し、どこにも隙間がないくらい密着した。

閉じていた瞼を開けゆっくりと体を引くと、湿った上唇が名残惜しげに引っついて、そっと離れた。

「もういっかい……」

夢見心地で柴谷が囁く。

「アンコールが好きね」

そうやって、何度もねだられて体を重ねた。

茶化すように笑っても、柴谷は動じずに顔を近付ける。

「好きだよ」

「欲しがり」

「うん、欲しい。千秋が欲しいよ」

彼は甘えるように私の唇を甘噛《あまが》みし、煽るようにペロリと舐めた。舐め返すと、そのまま吸い付かれてまた舌を絡ませてくる。

何度でも、何度でも、飽きることなくぎゅうぎゅうに抱き合って、夢中で互いの唇を貪った。

再び、柴谷の腰が揺れる。

キスをしながら抱きしめ合って、上からも下からも、彼を全身で感じた。

やがて私が体の奥を震わせると、柴谷も同時に大きく震える。

そして荒い息を整える暇もなく、無茶苦茶に、獣のような粗い口付けを交わした。

絶え間なくキスをして、また繋がる。

柴谷との口付けは、甘ったるくて臆病で、想像したよりはるかに切なかった。

◇

「一応、謝っとく。……好きな人がいるのに、キスしてごめん」

そう言いつつ、柴谷はまた私に口付けした。

ベッドの中で彼の腕に抱かれながら、一瞬、好きな人の意味がわからず考える。

好きな人……好きな人。そういえば、そんな設定でキスを拒んでいたっけ。

「ええっと、あれは……」

「いい！　大丈夫だ、何も言わなくていい。全部わかってるから。人には軽々しく言えないよな。

でも俺は、気にしないから！」

柴谷はキリリとした顔で、腕の中にいる私を見た。

いや、何が。

わけがわからず半目になった私に、彼はうっとりと髪を撫でながら囁く。

「キスできて嬉しかった。お前が俺を求めてくれたみたいで。これからも、もっといっぱいキスして、もっと俺を好きになっていいからね？」

「……はい？」

なんで私が、これからもあんたとヤって、しかも好きにならなきゃいけないの。

今回はたまたま、そういう流れになっただけでしょう？

率直にそう言うと、柴谷はきょとんとした。

「え、だって、キスしたってことは、好きな人を上回ったんだろ？　ってことは、お前は俺のことが好き。悲しい恋は終わって、俺だけを大好き。そんで俺は、約束を守ってお前しか抱かない。つまり何の問題もなくいつでも継続的にセックスできて、お互いwin-winだ！」

なんだそれ。別に好きになったからキスしたわけでもないし、柴谷と継続してセックスする予定もない。

なのに、なんでそんな無理やりな理由をつけるんだろう。

まるで私と継続的に問題なくセックスがしたいみたい。世間一般ではそういうの、恋人、って言うんだけど。

なんだか可笑《おか》しい。柴谷、あんたもしかして私のこと好きなの？

私はちょっと笑いながら、そのまま柴谷に尋ねてみた。「それって、恋人になれってことですか？」と――。

その瞬間、柴谷の顔がパッと赤く染まった。

手で顔を隠しながら「誰がお前なんかと！」とか言っている。

なにそれ。なにその反応。

面白い。面白いから、もっと見てあげてもいい。

「……いいですよ。たくさんキスしても」

「えっ」

「私は好きにならないですし、絶対」

「また絶対かよ……俺だって、好きになんかなんないし！」

意地悪く笑って言えば、彼はムッとして答える。

だけど何を思ったか、すぐに切り替えてニヤリと笑うと、腕の中の私をぎゅっと抱きしめた。

「じゃあ、その絶対が覆ったら、おしえて」

絶対言わない。そう思いながら、伸し掛かってきた彼の唇を受け入れる。

コイツ、私を落とすつもりだな。いい度胸だ、受けて立つ。

柴谷は、頬を両手で優しく包んで、縋るようなキスをしてくる。柔らかくて温かくて、どこまでも甘ったるい。

「……どう？」

おまけに、自分の方が数倍とろけていることに、全然気付いていないんだ。

まるで恋する乙女みたいな顔で、とろんとしてる柴谷は可愛い。

「まぁまぁですね」

私が微笑むと、彼は「ふん」と不満そうに唇を尖らせる。だけどすぐに、

「もっと喘がせて、いつか絶対好きにさせてやるからな！」

と高らかに負け犬の遠吠《とおぼ》えみたいな宣言をした。アホだ。

こんな下半身バカ、野放しにしておけない。

誰彼構わず誘惑して手を出しまくるくらいなら、誰かがこうやって手綱を握っていないといけないのかもしれない。

「じゃあ、次は好きになった方が負け、ですね」

仕方がないから、もうしばらく面倒見てやるか。

そんな風に思いながら、私は彼の頬に手をかけ、甘い甘いキスをもらうために、ゆっくりと目を閉じた。

◇
◇
◇

それから、私たちの落とし合いは続いている。


「千秋、キスして」

胡座《あぐら》をかいて座る柴谷の膝の上に向かい合わせで座り、彼のモノを根元まで飲み込む。所謂、対面座位で挿入した状態で、キスを要求された。

この体位でキスをすると、柴谷はものすごく猛る。

抱き合う密着感が好きみたいで、動かなくても真っ赤になってとろけてしまうのだ。

私は彼の首に腕を回して抱きつき、唇を寄せる。

彼は私の背と頭を支えるように抱きしめながら、その唇を受け止めた。

求めるように激しく唇を合わせる。私が腰を動かすと、合わせた口の隙間から、柴谷の喘ぎが漏れる。膣内でさらに大きくなるのを感じながら、深く深く繋がる。

すごく感じている。

そういう時、柴谷はそっと私の体を撫でる。

髪をゆっくり指で梳《す》きながら、ぎゅっと抱きしめてきた。

可愛い奴。可愛いから、もっとキスして、動いて、イかせてあげる。

あの日以来、私たちは『何の問題もなく継続的にセックスする関係』とやらになっていた。

もちろん、恋人ではない。断じて。

私たちはお互いを落とすためにキスし、セックスし、デートもするし口説くしプレゼントを与えあったりもする。

そう、すべては相手を落としてギャフンと言わせるため。

柴谷が私を好きなことはわかっている。私はまったく好きではないけど。

だから、この勝負は実質、勝っているも同然なのだ。

後はまぁ、あの意地っ張りが、いつどこで陥落するか、それだけ。

だからそれまで、精々可愛らしく振る舞って、柴谷をメロメロにしてやろうと思う――。

◆　◆　◆

布施は俺にしがみつき、気持ちよさそうにキスしている。

ほんと、こいつはキスが好きな甘えん坊だな。いや、キスじゃなくて俺が好きなのか。

あそこをきゅうきゅうに締めつけて、ぎゅうぎゅうに抱きついて、心も体も俺でいっぱいで、きっと他の奴なんて入る余裕はもうないだろう。

俺だけだ。そうに違いない。

あの日以来、俺たちは『お互いの体を求め合う関係』になっていた。

もちろん、恋人ではない。残念だが。

布施は俺を落とすためにキスし、セックスし、デートにも応じてくれる。素直じゃなくて可愛い
……いや、可哀想なので、口説いたりプレゼントを与えたりしている。

そう、すべては布施に俺が好きだと認めさせるため。

彼女が俺を好きなことはわかっている。俺はまったく好きではないけど。

だから、この勝負は実質、勝っているも同然なのだ。

後はまぁ、あの負けず嫌いが、いつどこで陥落するか、それだけ。

だからそれまで、精々イかせまくって気持ちよくして、布施をメロメロにしてやろうと思う。

「ほら、動けよ。気持ちよくなりたいんだろ？」

俺の膝の上で、布施が悩ましげに腰を振る。

眼前でおっぱいが揺れて、反り返った白い首元がほんのり赤く染まるのを見るのは悪くない。いよいよ堪《たま》らなくなったら、俺の頭を掻《か》き抱《いだ》いてよがる。そんな布施も、なんだか愛おしい。

「ふぁっ、あ、あぁ――――ッ」

髪を振り乱し、布施が大きく痙攣する。

膣内がビクビクと脈打ち、ちんこがもげそうなくらい締めつけてくる。

柔らかくて熱い肉壁に抱きしめられて、出してしまいそうになるのをグッと堪えた。

「俺のを使ってひとりで勝手にイくなんて、自分勝手な奴」

「勝手に……じゃ、ないもん……」

俺にもたれて荒い呼吸を整えながら、わざと可愛らしく言ってみせる。これが計算だっていうんだから、ムカつく。これ以上俺をドキドキさせてどうするつもりなんだと、勝手に怒りが湧く。

だからお仕置きに、回復しきらない内に下から突き上げてやる。

「やっ！　ばかっ、あっ、あんっ」

千秋、可愛ぃ。可愛ぃ。

怒りながら感じてる。またイきそうになって、そんな赤い顔して。

早く俺のこと好きになれ。好きって言え。俺は好きにはならないけど、千秋が好きって言うんなら、仕方ないから付き合ってやるよ？

「ほら、素直に、好きって言っちゃえよ！」

「すきっ……ゆうやっ」

「！　……お、俺も」

「気持ちいい、ゆうやのこれ、すきぃ」

……くそ。またちんこに負けた。

仕方がないから、泣くほど喘がせてやる。

俺は布施の腰に手を添えると、既に熟知した彼女の好きな箇所を擦りあげながら、思い切り腰を突き合わせた。

——あぁ、果たして、どちらかが『好き』なんて言う日は来るんだろうか……。

◇◇◇

「ねぇ、千秋は俺のどこが好き？」

とある休日。ふたりで食事に行った帰り、手を繋いで夜道を歩いていると柴谷が訊いてきた。なんの脈絡もない。

「どこも好きではないんですが」

私が真面目に答えてやると、彼はそれを無視して勝手に盛り上がる。

「俺が予想するに、お前は俺のキュートな瞳と、妖艶な唇と、カッコいい胸板が好きなんじゃないかな。あと、優しいところとか、頼《たよ》り甲斐《がい》のあるところとか！」

そうでしょ？　みたいな顔で私の顔を覗き込む。呆れた。

「……そこまでポジティブなところは、好きというか、羨ましいですね」

「ほう!?」

「いや、勘違いしないで欲しいんですが。そういう意味の『好き』じゃないから」

すぐに否定すると、柴谷はわかりやすくむくれながら、「……じゃあ千秋は、俺が千秋のどこを好きだと思う？」なんて訊いてくる。

おい、それは、自爆じゃないのか。トチ狂って自白したのか。

「柴谷さん、私のこと好きなんですか？」

「っ！　――す、好きじゃないっ」

「ですよね」

アホだ。私がクスクス笑うと、彼は真っ赤になって黙った。

「くそー、お前相手だとなんか上手くいかないな」

明後日の方を向き、おかしいなと呟きながら口元に手をやり考え出す。

そりゃ、他の女は最初から好感度ＭＡＸなんだからイージーモードでしょうよ。

「まあ、せいぜい頑張ってくださいね」

私が笑いながらそう言うと、柴谷はムッとして言い返してくる。

「言ったな。すぐにめろっめろにしてやるから」

「楽しみにしてます」

「……っ、覚悟しろよ！」

手を繋いだまま顔を寄せ、むむむ、と睨み合う。

「んじゃ、これから俺の部屋で勝負だ」

「それって、ただヤリたいだけじゃないですか？」

見え見えのお誘いだ。しかし柴谷は「違うし。逃げんのかよ」と挑発してくる。

なんだか目が泳いでいるけど、仕方ない、乗ってやるか。

「いいですよ。望むところです」

「よっしゃ！　あ、じゃあ、コンビニ寄って帰ろーぜ。酒とおつまみ、いる？」

私の返答に、柴谷はぱあっと顔を輝かせると、さっさとコンビニへ向けて歩き出す。

まったく、これじゃただのお家《うち》デートなんだけど。そんなにあからさまにウキウキして、可愛い奴め。

私は呆れながら、彼に手を引っ張られて歩く。

柴谷が素直になれる日は、まだまだ遠そうだ。

4．柴谷の完璧健全デート計画

「柴谷さんって、普段はどういうデートをされているんですか？」

仕事帰りにバーへ誘われ、仕方ないから付き合ってお酒を飲みつつ、私は柴谷に尋ねた。

こうやって彼とデートもどきをするようになって思ったが、付き合いの広さからか、なかなか良い店を知っている。レストランもバーも人気すぎず静かすぎず、だけど料理は美味《おい》しくといったちょうどいいチョイスだ。私も負けじと下調べをして誘うけれど、正直この分野では敵《かな》わないと感じている。

さぞ素敵なデートプランをたくさん持っているのだろう。そう思って聞いてみたのだが……。

柴谷はソルティドッグをちびちびと飲みながら、うーんと唸った。

「だいたいホテルで食事からお泊まり（セックス）、付き合ってればお家デート（セックス）、映画観たりとかも家でサブスクが多いな（つまりセックス）、あとは温泉旅行とか。いいよな、温泉！（つまるところセックス）」

カッコ内は私の幻聴である。しかし非常に申し訳ないが、柴谷が言うと全部そう聞こえてしまうのだからしょうがない。

「密室が多いですね……」

素直な感想を述べると、柴谷がニヤニヤする。

「あー、千秋、今やらしーこと考えたな？」

「やらしいというか、柴谷さんの習性というか……やっぱりそういう意味なんですね？」

「まあ、男は最終的にはそんなもんだよ」

「男が、じゃなくて、柴谷さんが、でしょう」

「まあ俺は男の代表みたいなものだから」

「急に代表面しないでくれますか。世の男性たちに失礼です」

「じゃあ、千秋はどんなデートしてきたわけ」

会話を流していると、さすがにムッとした柴谷が私に問い返す。

が、すぐにハッとして両手をぶんぶん振った。

「待った、タイム、してきたデートは聞きたくない」

「え、なんで」

「なんでも！　好きなデートとか、したいデートを答えなさい！　百文字以内！」

「文字数多いな……そうですね、私はアクティブなデートが好きです。旅行とか、海とか、サイクリングとか」

「36文字！」

「まだ語れますね。今までで一番良かったのは、離島にマラソンのツアーで行って、ついでに釣りとスキューバダイビングを楽しんだことです」

あれは楽しかったな。海がすごく綺麗だったし、魚もいっぱい泳いでて。夜は星がものすごく綺麗で、ご飯も魚介中心でとても美味しかった。

「……してきたデートはいらないって言ったじゃん………」

私が思い出に浸っていると、柴谷が恨みがましい声で呟く。隣を見ると、若干涙目だ。

「まあ、基本的にはどこに行くかより、誰といるか、ですよね」

どんな素敵なデートをしても、別れて苦い思い出になったり、喧嘩《けんか》ばっかりしていたら台無しだし。

「すげぇ模範的な回答。じゃあ千秋は、俺とお家デート三昧でもいいの？」

「付き合ってたらね。付き合ってないですから、私たち」

「そうだった……まあ、俺に落ちるのは時間の問題だけどな！」

「ふふふ、ご冗談を」

にっこりと余裕の営業スマイルをくれてやると、柴谷が唇を尖らせる。

「……わかった。じゃあ俺が、本当の健全で最高なデートってやつを見せてやるよ」

某有名グルメ漫画みたいなことを言う。

「柴谷さんに健全なデートなんてできるんですか？」

「で、できるに決まってんだろぉ！　覚悟しておけよ！」

「楽しみにしてますね」

あれ、なんでこんな話になったんだっけ。

よくわからないけど、柴谷が私に本当の健全で最高なデートとやらを見せてくれるらしいので、期待しておこう。


そして翌日の夜。

柴谷から休日の予定を確認するメッセージが届いた後、そのままスマホ上にて唐突にプランが発表された。

『ドライブして、ちょい田舎に行って、サイクリングしたりお花を見たりする。そんで、最後は観覧車でちゅーして終わろうと思う』

プラン全部先に言うんかい！

『サプライズとかはないんですか』

『ないよ。迷惑じゃん』

まあ確かに、現地でいきなり「実は水着を買っておいたので泳ごうぜ」とか言われても、ヒールを履いて出掛けたのに「サイクリングね」などと言われても迷惑だ。

柴谷はたまにすごく真っ当だから戸惑う。

『観覧車でちゅーは任意ですか』

『ノリで』

『ノリで……』

『たぶん絶対する。賭けてもいい』

『なんですかその賭けは……じゃあ、するに某有名アイス店の濃厚チョコアイスを賭けます』

『なに、アイス食べたいの？　てかする方に賭けるんだ？　笑』

『だって柴谷さん、嫌がっても意地でもしそうじゃないですか。密室で迫られたら勝てません』

『じゃあ俺はしない方に賭ける……仕方ないから……チョコミントね』

『はいはい』

学生みたいな会話をしながら、私はベッドにごろりと横になった。

付き合っていない状態で、セックスもない健全なデートなんて久しぶりかもしれない。二十六歳過ぎてそんなデートをするなんて思ってもみなかった。しかも柴谷と。

テーマパークでもないし、ドライブはともかくとして、サイクリングとお花を見る？　なにそれ、似合わない。あいつに似合うのはネオン輝く夜の街だよ。

くすくす笑っていると、柴谷から追加のメッセージが届く。

『で、このプランの健全完璧さは何点？』

まだ始まってもいないのに点数聞いちゃうんだ。

『うーん、二点くらいでしょうか。期待値が低いので。それに、最後にキスされる予定が組み込まれているのがなんとも……』

『ちくしょー！』

秒で返信が返ってきて笑ってしまう。仕方ないなあ。

『楽しみにしてますね。終わった後は、二十点くらいになるのを期待しています』

『え、まって満点は十点じゃないの？　百点満点？　二点て低すぎねぇ!?』

『そろそろ寝ますね』

『あ、うん、おやすみ♡　千秋♡』

『さようなら♡』

そんなわけで、私は明日の仕事に備えてベッドへ入った。

次の休日までにスニーカーを出しておかなきゃな、なんて考えながら。


それから何事もなく休日を迎えた。天気は嫌味《いやみ》なほど晴れていて、秋が近付いているというのにまだまだ蒸し暑い。

「千秋、おまたせ」

アパートの近くに車を止め、窓を開けて柴谷が手を振る。

黒のＳＵＶから顔を覗かせる爽やかな笑顔の柴谷を見ていると、朝から胃もたれがしそうである。そういえば、彼と午前中の早い時間から出掛けるなんて初めてだ。

「おはようございます、柴谷さん」

「今日くらい、雄哉って呼んでもいいんだぜ」

「……考えておきます」

などとやりとりしながら、さっさと車内へ乗り込んだ。

ほんの少し待っていただけだというのに、日差しの下にいると汗が滲《にじ》む。エアコンの効いた車内でホッとひと息吐いていると、柴谷が私をじっと見つめた。

「……なんですか？」

「や。そういう服装も雰囲気が変わっていいなぁと思って。似合ってて可愛いよ」

「へ」

急に褒められたので思わず変な声が出た。

私の格好と言っても、シャツに白いパンツにスニーカー。そして幅広の帽子くらいである。髪も多少編み込んではいるものの、低い位置でひとつに束ねられているだけ。

この何気ない格好をさらりと褒めるとは、さすが遊び人柴谷だ。褒められるのは悪い気がしない。

「あ、ありがとうございます。柴谷さんも……うーんと、いつも通りですね」

「いつも通りカッコいい？」

「ソウデスネ」

すぐ調子に乗るので呆れると、柴谷は私の反応にやれやれと笑って車を発進させる。

こちらも褒めようと思ったのだが、彼はジーパンに黒のTシャツと帽子という至って普段通りの格好だったので、私の語彙力では難しかった。

強いていうなら、黒いジャストサイズのTシャツは大変よろしい。運転していると剥《む》き出《だ》しの二の腕の筋肉が見えて、なんだかエロい気分にさせられる。

まあ、そんなことは死んでも言ってやらないけど。

「飲み物とか買って行こう」

途中、コンビニへ寄って、柴谷はさらりと私の分のコーヒーまで買ってくれる。

こいつ、ポイント取りに来ているな。

そう思ったら妙な対抗意識が出てきて、私は彼のカップをコーヒーマシンにセットしてシロップを入れてやる。ブラックは飲めない柴谷である。お子ちゃまめ。

「へへ、ありがと」

出来上がったアイスコーヒーを手渡してやると、めちゃくちゃ嬉しそうに笑う。

ふふん、ざまあみろ柴谷め。ホストがそっちだからって、落とし合いの勝負に手を抜くつもりはないのだ。

「今日はどこへ連れて行ってくれるんですか？」

車内へ戻って車を走らせる柴谷に尋ねると、彼は都内から一、二時間ほどで行ける自然公園の名る有名な場所だ。キャンプやＢＢＱ、サイクリングも楽しめて、広大な敷地に季節の花々が一年中咲いていを出す。


「初めて行きます」

「実は俺も」

意外と穴場なのかもしれない。公園系は行く相手によって楽しさが変わってくる。ある程度気心が知れていないと退屈な場所になる。

「意外すぎる健全デートだわ」

「だろ？　千秋はアウトドア好きみたいだからさ」

「別に映画とかでもよかったんですが」

「つまんねーじゃん。いや、映画はそれはそれで楽しいけど、千秋の顔見て喋れないと、つまんないじゃん」

「なにそれ」

ずいぶん可愛いことを言うので笑ってしまう。

「私の顔がそんなに見たいの？」

「俺に見惚《みと》れてる顔がね」

「だとしたら、一生見ることはないでしょうね」

「またまたぁ。夜はいつもトロ顔してるじゃんか」

「あ、これは健全ポイントマイナスでは？」

「うっ、そうだった！」

柴谷はわざとらしく呻くと、カーナビへと手を伸ばした。

「ちょっと、気分変える。めちゃくちゃ健全な昼のラジオをつけよう」

「早くも煩悩に負けそうなんですね？」

「うるせぇ……別に千秋のエロい顔なんて思い出してないしっ」

弱々しく反発しながらＦＭを流す。ラジオからは昼の真っ当で健全な女性パーソナリティの声と、海外のよく知らない音楽が流れてきた。

そのまま黙るかと思いきや、話題は音楽へと移行していく。

「こういうの聴く？　好きなアーティストとかいる？」

などと、なんだかお見合いみたいな会話をする。

そういえば、柴谷の好みなんて気にしたことなかったな。手探りでお互いの好きなものを探すような会話、したことないかも。

好きな音楽や昔好きだった曲の話をしていると、意外と話題は尽きない。

時折ラジオの話題に乗って、ああでもないこうでもないと話したり、疲れたら適度に黙ったり。

その間も、柴谷はひとりでご機嫌に鼻歌を歌ったりなんかして、なんというか、自然体で居心地がいい。

……リア充コミュ強ってすごい。

正直、セックスか酒がないと、柴谷とは間が持たないと思っていた。

だけど、これじゃまるで……。

「デートじゃん……」

「えっ、ずっとデートでしたけどぉ？」

思わず漏れてしまった心の声に、柴谷が不満そうな声をあげる。

だけどそれに構えないほど、私は驚いていた。え、デートじゃん？

「私、普通のデートするのって久しぶりかも」

「いやいや、俺と何度もデートしてるよね？」

私たちは確かに、お互いを落とし合うためのデートをしたりしている。だけど、それはなんというか、セックスに付随したデートなのだ。

美味しいご飯を食べたりショッピングをしたりするけれど、その後は必ずホテルに行くか、どちらかの家に行く。そして大半の時間はベッドの上だ。

「ああいう、前戯みたいなデートじゃなくて」

「前戯みたいなデート……」

「そう。好きな人としかしないようなデートは、久しぶりだなって……」

あ、この言い回しは誤解されるかも。

そう思ってチラリと柴谷を見る。しかし次の瞬間、彼は大声で笑い出した。

「な、なんですか」

意外な反応すぎてビックリする。ハンドルを握ったままひぃひぃ笑っている柴谷に怪訝な顔を向けると、彼はこちらをチラリと見てまた笑った。

「あはっ、いや、すげぇ可愛い。ふふ。千秋、かーわーいーいー！」

「……馬鹿にしてるんですか」

「違う、違う。千秋は好きな人と、こういうことがしたいのかって」

ムッとする私に、柴谷は楽しそうに続ける。

「喜んでくれてるんだなって思ったら、キュンてしちゃった」

てへ、と笑うその顔は、本当にデレデレと緩んでいる。ちょっと恥ずかしそうにしているのがまた珍しく、なんだか新鮮でくすぐったい。

「もっと喜ばせてやるよ。好きな人としたいこと、俺といっぱいしよ。それで、もっともっと俺に惚れ直させてやる」

すでに惚れていること前提か。

「では、お手並み拝見といたしますね」

私が苦笑しつつ答えると、彼は「見てろよ」と気合いを入れる。

「今日の最後に、抱いてくれって言わせてみせる！」

「絶対言いませんから、そんなこと」

まったく。柴谷はブレない。

だけど、そうか。今日は一応、最後がセックスで終わるかはわからないのか。

どうせ柴谷のことだから、いきなり我慢できなくなってホテルに連れ込まれるなんてことも想定していたけれど……結末がわからないと思うと、少しだけドキドキする。


昼過ぎには目的地に到着した。

今日は休日ではあるが、子供たちの夏休みが終わって来園者が少なくなったのか、やや落ち着いた雰囲気だ。

柴谷が入場料を払うのと一緒に、自転車を借りてくれる。

私もお金を払おうとしたが、すかさず「だーめ」と言われてしまった。

普段はお互いに借りを作りたくないのでほとんど割り勘だが、今日はそういう日らしい。本当に健全で最高な、好きな人とするデートらしいから。

園内を自転車で風を切って走る。天気も良くて風が気持ちいい。所々で屋台風の店を覗いたり、咲いている花を見たり。

それにしても、青空の下の柴谷は本当に爽やかイケメンである。

ただ自転車に乗っているだけなのに、周囲を行く女性たちが、彼に熱い視線を向けているのがわかる。

その視線に無自覚で笑いかけ軒並み撃ち落としていく姿も、今や耐性のできた社内では見ることのできない懐かしい様式美だ。

そのイケメンの横にいるのが、十人並みの私だというのは多少申し訳ないが。

そうしてほどよく汗をかいたところで、私たちは園内にあるカフェに入った。

「うおー涼しいー」

森の中にあるように見せかけた店内は、エアコンが効いていて目にも体感的にも涼しい。

柴谷の頬は真っ赤で、帽子を脱いだ髪は汗で濡れてくしゃくしゃだ。手櫛《てぐし》で髪を整える姿も子供みたいで微笑ましい。

「この気温で自転車は、ちょっと辛かったか」

「いいえ、気持ちよかったですよ。たまにはいいですよね」

素直にそう言うと、柴谷が「ほんと？」と嬉しそうにする。

無邪気な笑顔を見るのも、たまにはいい。こうしていると普通の男の子という感じで悪くない、なんて思っていると。

「俺は汗かいたからムラムラしてる」

「どういう理屈ですか……」

やはり柴谷。清々しい気分が台無しだ。減点がかさむ。

そのあと、私はアイスティーを、柴谷はレモンスカッシュを飲んで店を出た。

涼んだおかげですっかり体力は回復している。まだ園内も半分ほどしか見ていないし、さて、次はどうしようかな、などと話しながら自転車を停《と》めた場所へ行くと、そこに十歳くらいの男の子がうずくまっていた。

男の子の横には、倒れた自転車。その子の膝からは擦りむいたのか血が流れている。

「お、どうした？」

私があっと思った時には、すでに柴谷が男の子に話しかけていた。

柴谷が屈んで顔を覗き込むと、泣くのを我慢しているのかむっつりとした顔で私たちを見上げる。

それから日に焼けた小さな指で、自転車を指差した。

「引っかかって転んだら、壊れちゃった」

柴谷が自転車を引き起こすと、チェーンが外れてしまっている。

「あー、ほんとだ。でも大丈夫、これならすぐ直るよ」

「ほんと？」

青ざめていた顔が、少しだけ明るくなる。壊してしまった罪悪感もあったのだろう。

男の子がホッとした顔をしたところで、私は店の側《そば》に設置されている水道でハンカチを濡らしてきた。

「足を見せてもらっていい？　自転車直してる間に、血が出てるとこ拭こっか」

「ん」

こくりと頷いて見せてくれた膝は、派手に擦りむいている。血も結構出ているし、かなり痛かったはずだ。

男の子はここからキャンプエリアにいる家族のもとへ向かうらしい。一緒に来た兄たちに置いて行かれたと言うので、たぶん必死に漕《こ》ぎすぎてこうなってしまったのだろう。

「泣かなくてえらかったね」

汚れを拭ってやりながら褒める。

すると男の子はハッとしたあと、急に瞳を潤ませみるみる涙を溜《た》めはじめた。

「あ」

まずい。張り詰めていたものを緩ませてしまった。

どうやって慰めようかと口を開きかけて固まる。その時、

「強いもんな～！　えらい、えらい」

柴谷が、背後から男の子の頭をくしゃくしゃと撫でた。あまりに強引に撫でるので、男の子は「うわっ」と叫んで驚く。一瞬だけ涙がぽろりと溢れたが、「なにするの」と柴谷の手を払って振り向いた時には、すでに涙は消えていた。

「自転車、直ったぞ。でもまた外れちゃうかもしれないから、俺のと交換しとこっか」

「いいの？」

「外れても、俺なら直せるからさ」

「ありがとう！」

園内の貸し出し自転車は、ほとんどが同じサイズだ。サドルの高さだけを調節してやり、男の子と交換する。

「焦らずゆっくり帰れよ」

「うん！　じゃあね！」

子供を見送って大きく手を振る柴谷は、まるで爽やかな好青年だ。私の知っているネオンギラギラの下半身バカな柴谷とはちょっと違って、思わずほんのちょっぴりだけ「いいな」とか思ってしまう。

「柴谷さんって、子供好きだったんですね」

「まぁ、嫌いじゃないかな。千秋も意外と面倒見がいいよな」

「私、弟がいるので」

「へえ！　っぽいなぁ！」

「そういう柴谷さんは？」

「俺、姉貴がいる」

「あー……なるほど」

「なにが『なるほど』なんだよ」

「いえ、別に」

柴谷の言動は甘えん坊っぽいので、すごくしっくりきた。納得していると、彼は不満そうに唇を尖らせる。

「おかしい。子供に優しい俺に惚れ直す場面のはずなのに」

そういうの、口に出したら意味ないいんじゃないかな。

姑息《こそく》な柴谷を笑いながら、私は自転車に跨がった。

次に向かったのは、季節の花が咲く丘だ。広い敷地は見晴らしが良く、フォトスポットになっている。春は季節の花々が咲いているが、今は黄緑色に色づいた葉やコスモスがやっと伸びてきたところで、落ち着いた雰囲気だった。

丘の上に登る散歩道になっており、ただ歩くだけでも楽しい。もこもこと育っている草花を眺めていると、午後の風が何もない空間を吹き抜けていく。

「気持ちいーい！」

そう言って意気揚々と登っていたが、長時間自転車に乗った体は思ったより疲れていたようで、思わずふらりとよろける。

「わ、ごめん」

背後にいた柴谷の胸にトンっと寄りかかるように倒れると、彼はびくともせずに軽々と私を支えた。背中に触れたTシャツ越しの逞《たくま》しい胸板に、不覚にもドキリとする。

慌てて密着した体を離すと、柴谷は笑いながら私の手を取った。

「気をつけろよー。下まで転がってったら助けられないからな」

「そこまで間抜けじゃありません！」

反発して言い返しても、手はつかまれたまま。いつのまにか指を絡めて恋人繋ぎされている。

ええっと……。

戸惑うように周囲を見るが、人はまばらで私たちを気にする人などいない。

もじもじしていると、ぐんと手を引っ張られる。

「あー、あそこ。ほら、海が見える」

「ほ、ほんとだ」

丘の頂上でドギマギしながら遠くに見える海を眺める。柴谷は私が手を放すと言い出さないようにか、白々しく草花について話しながら帰り道の丘を下り出した。

やばい、私たち、お花畑で手を繋いでお散歩してる！

ぎゅっと握られた手のひらが、じわりと汗ばむ。こんなメルヘンな行動を柴谷とするなんて、夢にも思わなかった。


丘を下り終えた頃には、だいぶ日が傾いていた。夕日を見るにはまだ時間があるが、そろそろ観覧車に乗ろうかと相談する。

「最後。観覧車でちゅーだけど」

「そうでしたね」

予定に観覧車でのキスが組み込まれていた。そして、キスしたら私の勝ち、しなかったら柴谷の勝ちで、アイスをおごるって話だ。

私たちは遊園地エリアへ入り、子供向けのアトラクションを尻目に観覧車へと向かう。こういうのに乗るのは久しぶりだ。

「はい、どうぞ」

係の人に案内されて観覧車のひとつに乗り込むと、私は帽子を取って向かいの椅子に座る柴谷へと身を乗り出す。

ほらほら、してもいいんだよ？

上目遣いに向かい合わせの柴谷を見ると、彼はぎくりと身を震わせてもじもじしだした。

今日は手を繋ぐ以外の接触はなかったから、さぞ欲望が溜まっていることだろう。したくてうずうずした様子の柴谷に、わざと迫るように顔を近付ける。葛藤しているのが面白い。

「しないんですか？」

「うう……」

眉間に皺を寄せて迷っている。

「まあ、したくないなら、しなくてもいいですけど」

けれど私が身を引いてみせると、柴谷はぶんぶんと首を振った。

「いや、しないと千秋が可哀想だなぁと」

「じゃ、する？」

「……してってお願いしたら、してやってもいいよ」

「お願いされたら、負けてくれるんですか？」

くすりと笑うと、むくれながら軽く私を睨んでくる。

「……千秋がどうしてもって言うなら、してやらないこともない」

「じゃ、ナシということで」

「あぁぁ……ちょっと待て！」

再び帽子を被ろうとする私の手を、柴谷が慌ててつかむ。

「する。ちゅー、したい！」

「私も」

同意して笑うと、柴谷はぐっと喉を詰まらせ、向かいから身を乗り出してきた。

観覧車の箱が、ゆらりと揺れる。私の腕をつかんだまま体ごと近付いて、至近距離で見つめあう。

なんともいえない、一瞬の緊張感。

「アイス、おごってくださいね」

「ん……」

柴谷が帽子を取って、その端正な顔を傾ける。髪がさらりと揺れて、それに目を奪われた瞬間に、唇が触れ合った。

舌も入れない、身動きもしない優しいキスは、心臓の音がうるさいくらいに聞こえて、息が詰まる。

「ぅん……ゆう、や……」

耐えられなくて名前を呼ぶと、塞ぐように唇を強く押し当てられた。それ以上のことはないのに、心臓が跳ね上がる。

観覧車は頂上を越え、下へと降りはじめた。それでもなお続く長い長いキスは、まるで離れるのを嫌がっているみたいで、甘ったるくてとろけてしまう。

こんなふうに普通のデートを重ねていたら、普通に好きになって、普通に付き合うこともあったのかな。……なんて。

ほんの少しだけ、馬鹿みたいな妄想に浸った。

賭けはもちろん私の勝ちで、有名アイス店ではなく園内の店でご当地ソフトクリームを食べた。キスで火照った顔に、冷たくて甘いソフトクリームが沁《し》みる。

楽しかった思い出と共に公園を出た。

今度はＢＢＱやキャンプもしてみたい。イベントもあるみたいだから、また機会があったら、なんてつい思ってしまう。

夕食はどこかの店で、と柴谷がいくつか見繕ってくれていたけれど、結局サービスエリアでお蕎麦《そば》を食べた。

「寝てていいよ。着いたら起こすし」

「そんなわけには……」

などと抵抗していたにもかかわらず、私は帰りの車の中で寝こけてしまった。

「——千秋、着いたよ」

そして気がついた時には、辺りは暗くなり車は家の近くで停められている。

「わ、ごめんなさ……！」

「隙あり」

慌ててシートに沈んでいた体を起こす。と、その拍子に柴谷が覆い被さってきて、いきなり唇を奪われた。

「んっ……!?」

軽いものかと思ったら、助手席に身を乗り出して深く口付けてくる。角度を変えて啄まれ、舌が唇をぺろりと舐めた。

「……っは、これ以上は、０点になりますよ？」

「もういいや」

ていうか、点数まだ残ってたんだな。

そう言って笑いながら、柴谷は口内へ舌を差し入れてくる。欲情を煽るようにぬるりとあちこちを舐め回してきて、しばらく夢中で舌を絡ませてしまう。

「……わるい。寝顔見てたら、我慢の限界だった」

そう言って、また二、三度と唇を啄み、ぎゅっと抱きしめられる。

「楽しかった？」

「……うん」

耳元で囁く吐息が熱い。

キスのせいですっかり健全じゃなくなってしまったけれど、楽しかった。

結局、最初に自分で言った、「誰と行くか」が大事なのだ。そして、柴谷とは意外と悪くないのだと実感してしまった。そういう意味では、負けかもしれない。

「じゃあ、俺に惚れ直した？　付き合いたいって言ってもいいよ」

「それは全然」

「なんでだよ。いや本当になんでだよ。結構いい感じだったのに」

心底悔しそうに言う柴谷が可笑《おか》しい。

くすりと笑うと、柴谷もふっと笑って名残惜しそうに体を離す。

「……それじゃ、またな」

彼は最後に私のおでこにキスすると、シートベルトを外して車のロックを開ける。

ああ、これで本当に終わりなんだ。そう思ったら、私の方が離れ難《がた》く思ってしまう。

「雄哉……」

「ん？」

「またね」

囁いて、お返しに彼の頬へと一瞬のキスをした。

ちゅっとリップ音が響くと、柴谷は驚いて両目を見開く。

「……っ！　くっそ、帰りたくねぇ！」

「あらあら、それは私と離れたくないってことですか？」

「ち、違うし。ただヤリたくなっただけだし！」

「はいはい、台無し。それじゃ、今日はありがとうございました。お疲れ様」

いつも通りのやりとりに安心し、にっこりと微笑んでみせると車を降りる。

柴谷は「帰りたくねぇ！」と何度も叫びつつも、悔しそうに帰っていった。

家に帰ってお風呂から上がると、スマホに何件かメッセージが入っていた。

『ただいま！』

『ちゃんと帰ってえらい。我慢できてえらい』

『やっぱ我慢できない！』

『明日、仕事帰りにそっち行ってもいい？』

やはり一日我慢はきつかったのか、怒涛《どとう》の勢いだ。

私はスケジュール帳をパラパラ捲りながら返信を打つ。

『おかえりなさい。明日は面談があって帰りが遅くなるので無理』

『じゃあ明後日！』

待ち構えていたのか、数秒で返事が返ってくる。

『明後日は打ち合わせです』

『はぁ？　会社吹っ飛べ！』

夏が終わり少し落ち着いた時期を過ごすと、次は年末へ向けて徐々に慌ただしくなっていく。私は抱えていた案件が一旦落ち着いた頃合いで、配置換えを検討されていた。そのせいで忙しいのだが、わざわざ柴谷に報告する義務はない。

『会える日はこちらからお知らせしますので』

そう告げると、柴谷は明らかにしょぼくれた感じで『そっかぁ…………』と送ってきた。文章越しにもビシビシ伝わる萎え具合である。

うーん、今日あんなに頑張ってくれたのに、可哀想だったかな。

ついそんな仏心を出したのがいけなかった。

「柴谷さん。これ、よかったら」

翌日、会社で柴谷がひとりになったタイミングを見計らい、私は彼を物陰に引っ張って小さな紙袋を渡した。

「なになに、千秋から俺への愛のプレゼント？　……って」

嬉しそうに頬を緩めてその袋を開けると、柴谷はハッとした顔で口元に手を当てて固まる。

「マジ？　いいの？」

紙袋の中には、うちのマンションの合鍵が入っている。柴谷は驚きすぎて鍵を凝視したまま微動だにしない。

「しばらく時間が合わせられそうにないんです。だから、いざという時、どうしても我慢できなくなった時にだけ、使ってもいいですよ」

契約なので、柴谷は私以外とは遊べない。こちらが放置しているせいで、我慢できずに以前の柴谷に戻られては困るのだ。

「ち、千秋からの合鍵……！　これで千秋の帰りを家で待ったり、夜中にしたくなっても部屋に行ける！」

喜びに震える柴谷に、私は慌てて念を押す。

「いやいや、いいですか。どうしても我慢できなくて、本当に、限界まで切羽詰まった時だけですからね！」

「わかったわかった、冗談だって。ありがとな！　ひゃっほう！」

合鍵をぎゅっと胸に抱きしめて答えるが、本当にわかっているのか不安すぎる。

だけど今さら返してとも言えず、私は渋々仕事に戻ることにした。

その昼休み。

急いで鍵屋へ走った柴谷が、自分の部屋の合鍵を私に押し付けてきた。

全力疾走したのであろういい笑顔の柴谷を見ていると、受け取らないわけにはいかない。

「ありがとうございます……まぁ、私は使いませんけどね……」

「あー、デートの時にお揃《そろ》いのキーホルダーでも買っておけばよかったかなぁ。いや、今時キーホルダーとか、ないか。へへへ」

私の呟きは、浮かれる柴谷には聞こえていない。

だいぶ不安になったけれど、その後、柴谷がいきなり押しかけてくることもなく平和に日々は過ぎていった。

実際は使われない合鍵。だけど、持っているだけでこんなに浮かれてニヤニヤしているなんて。

まったく。柴谷ってば私のことが好きすぎる。

5. 変化？　ライバル？　拗《こじ》れる予感

俺、柴谷雄哉と布施千秋が契約関係になって、しばらくが経った。

季節は夏から秋に移り変わる。

会社ではいつも通り。目が合えば睨み合う犬猿の仲。仕事上でぶつかるのもしょっちゅうだ。

けれどプライベートでは真逆。毎晩どちらかの家で朝方までまぐわっていた。

甘ったるい声で喘ぎまくった布施が、数時間後にはオフィスで冷淡に「おはようございます」と挨拶する。そのギャップが堪らない。

涙目だった瞳で睨まれながら「こっち見ないでもらえますか、妊娠する」と蔑まれたり、ヒールのかかとで通りすがりにさりげなく踏んづけられたりすると、これが所謂ツンデレってやつかぁ、なんてニヤニヤしてしまう。……足はちょっと痛いけど。

そんなわけで、付き合ってはいなくとも密《ひそ》かにラブラブな生活を送っていた。

布施が俺にメロメロなのは明らかで、そのうち可愛く告白でもされて付き合うのも秒読みだろう。

と、思っていたのだが――――。


「布施。今日あいてる？」

「……っ、会社で、やめてください」

通りすがりに腕をつかんで引き止めれば、ウザったそうに振り解かれる。最近はずっとこうだ。家にも来ないし、呼んでくれないし、話もろくにできない。当然、えっちもしてない。

「忙しいんで、また今度」

「忙しいって、今月ずっとそうじゃん」

「来月もずっとです。それじゃ」

「えぇー!?」

つれない態度で、布施はカツカツとヒールを鳴らしながら去ってしまう。

なんだよそれ。

え、まさか俺に飽きたとか？　いやいやまさか。じゃあ他に男ができたとか？　いやいやまさか。俺よりいい男なんて居るはずがない。第一、契約はどうなる？　ずっとずっと俺とだけ寝るんでしょ？

「ありゃー、布施、大変そうだなぁ」

その時、凍りついていた俺の背後から佐藤の間延びした声が聞こえてきた。振り返ると、呑気《のんき》そうな面でヘラヘラと笑いながらこちらへ歩いてくる。

「大変ってどういうことですか？」

憮然《ぶぜん》として尋ねれば、佐藤はしたり顔で説明してくれる。

「布施はずっと課長の補佐だっただろ。彼女、いよいよ独り立ちだってさ。そのための引き継ぎと、新しく彼女の下へつくサポートの下準備とか、色々あるんじゃないか？」

「へぇ……」

って、課長の補佐を外れる!?

それはつまり、不倫関係の清算、体《てい》のいい厄介払いってことじゃないだろうか？

俺に夢中になったせいで誘いに乗らなくなった彼女に嫌がらせするため……そうとしか思えない。俺の魅力に敵わないからって、古賀シンスケめ！

「……おい、またなんか変なこと考えてないか？」

佐藤が不安そうに俺の顔を覗き込む。と、

「佐藤、柴谷。お疲れ」

「あ、課長。お疲れ様です」

ちょうど課長が通りかかり、ゆったりとした動作でこちらに手を挙げて笑いかけた。

大人の余裕がムカつくぜ。俺のこと、本当は妬んでるんだろうに。

「……おい。課長を睨むな」

佐藤が慌てた様子で耳元に囁くが、俺は無視して心の中で宣戦布告する。

いいか、覚えてろよ！　俺はお前の嫌がらせに負けない。

疲れた布施をとことん癒やして、慰めて、メロメロにして、お前のことなんか忘れさせてやるからな！

ビシリと課長を指差して、「絶対負けねー！」と宣言する。

「おい、なに言って……」

「はは。柴谷は元気がいいな、その調子で頑張れよ！」

くそー、大人の余裕ムカつく！

包容力かよ、俺も柔らかいティッシュみたいに布施を包んでみせるからな！

悔しくて俺はなんとなく走り出した。その背中に佐藤が「こら待て、どこ行く！」と叫んできたが無視する。

こうなったらもう、アレしかない。

いざという時、どうしても我慢できなくなった時にだけ使っていいと、布施に渡されたアレ。

――合鍵。

そう、俺は布施に合鍵を渡されるまでの信頼を得ているのだ。

コレを使って、彼女を思い切り労ってやろう。

俺の腕の中で歓喜に咽《むせ》び泣《な》くがいい、布施千秋！


というわけで、布施の部屋にいる。

彼女は今日も遅いらしい。サプライズで待っていようかと思ったが、普通に怖いのでメールで部屋に居ることを伝えておいた。

返事はひと言、「了解」だけ。嬉しいのか楽しみなのかなんなのか、これじゃまったくわからない。

俺はムッとしながらも、台所でカレーを作って待っていた。

カレーは明日も食べられるし、小分けにして冷凍もできる。疲れている布施が真夜中に帰ってきても大丈夫なように、余剰分はタッパーに詰めて粗熱をとり、冷凍庫に入れた。米も一食分ずつラップに包み冷凍する。

「さぁて、そろそろ洗濯が終わる頃だな！」

俺は持参のクマちゃんエプロンを外すと、洗面所へと向かった。布施が帰るまでに洗濯も済ませるのだ。

明日は休日。

俺が家事をしておけば、布施はゆっくり休めて俺とたくさんイチャイチャできる。

心身共に癒やされて、いよいよ俺の素晴らしさに陥落し「参りました。付き合って下さい」と言うかもしれない。

「そうなったら、まずはどーしようかな。上に乗せて負けて悔しがる顔を拝みながらヤろうかな。好きっていっぱい言わせるのも屈辱的だよな、きっと」

ベランダで洗濯物を干しながら妄想する。

『俺のこと好きなんだろ？　ほら、大好きな俺のに跨がって、自分で気持ちよくなっていいぞ』

意地悪く笑いながら促せば、布施はおずおずと脚を開いて腰を沈める。

俺のことを想《おも》うだけで濡れそぼった布施のアソコは、すんなりと肉棒を飲み込む。

我慢できないというように、布施はすぐに激しく腰を動かした。大きく揺れる胸の先端がツンと勃っているのを見て、俺は笑いながら指先で弾く。あられのない声が漏れた。

髪を振り乱してよがる様子を、俺はニヤつきながら冷静に眺める。

『そ……んな、見られ、たら……っ！』

『恥ずかしい？　いつもしてるじゃん』

真っ赤な顔を隠すように俯《うつむ》き、唇を噛む。揶揄《からか》いながら片手で顎をつかんでこちらを向かせると、潤んだ瞳が俺を挑発するように睨んだ。

腰は止まらず、見つめあうだけでナカがきゅうと締まる。

『い、今までとは違うもん……』

布施は泣きそうな声で喘ぎながら言う。

『どう違うの？』

『雄哉はもう……す、好きな人だから！』

………やべぇ、勃った。

なんだよ可愛いな。そんなこと言われたら抱き潰すかもしれない。

三日くらい有給取って好きって言わせながらヤリまくるか。

「まぁ、残念ながら俺はまったく好きではないんだけどね」

そう呟くと、妄想の布施が悲しそうな顔をする。

切ない表情で俺に抱きつき『私は好き、大好き』とキスをせがむ。その肩を押し退《の》けて突き放すと、ポロリと涙をこぼした。

くそ、妄想なのに胸が痛い。

ズキリと疼く胸を押さえた、その時。

ガチャンと玄関から鍵の回る音がして、「ただいまー」と気怠《けだる》い布施の声が聞こえてきた。

やっと帰ってきたか！　まったく、今いったい何時だと思ってんだよ！

俺は洗濯物をつかんだまま、玄関へ猛然とダッシュした。

「おかえり!!」

「遅くなってごめん、雄哉……って」

一瞬、こちらに笑顔を向けた布施が、眉根を寄せて俺を睨む。

「ひとりでナニしてたんです、柴谷さん」

「は？」

彼女の訝《いぶか》しげな視線を追って手元を見る。と、そこにはしっかりと握られた、布施のパンツ。そして、勃起した俺のアレ。

「ちっ、違う！　これは洗濯物を干してて！」

「へぇ、ふーん、そうですか。まさか汚してないですよね？　変なことしてたら遠慮なく通報しますから」

「してねーよっ！」

呆れたように俺を一瞥《いちべつ》し、冷たく言い放って部屋に入る布施。言い訳も聞きゃしない。

あぁ、現実の布施。妄想ではあんなに可愛かったのに。

だけど外の冷気を纏《まと》った彼女の香りがふわりと鼻腔《びこう》をくすぐると、下半身はよりガチガチになった。

嫌だ嫌だと言いながら、これからあいつは俺に抱かれるし、俺はあいつを抱くんだ。好きな気持ちも言えない素直じゃない布施。可哀想でエロい布施……。

くそう、現実め。現実の布施め……！


「ぜんっ、ぜん、可愛くねぇ……！」

妄想の布施との違いに憤りながら、俺の上に跨がる布施を見上げる。

間接照明だけが灯《とも》る部屋。ベッドで下着姿の彼女は、恥じらう様子もなく妖艶に笑って、全裸の俺を見下ろしていた。

「可愛い必要、あります？」

「ぐっ……」

「ほら、気持ちいい？　ひとりでこーゆー事してたんでしょう？」

「し、してな……っ、ふっ、く」

完全に、俺が布施の下着で自慰していたと思われている。

ひどい言い掛かりだ。布切れに興奮なんてするわけない。だが、状況証拠が揃っている。

布施は嘲笑《あざわら》いながら、下着を擦り付けるように俺のモノの上で腰を動かす。妄想と百八十度違う表情に、なぜか下半身がびくびくと反応してしまった。

「うわ、雄哉の我慢汁でベットベト」

「それっ、お前のだし！」

「はいはい。もう挿れたい？」

「っ……く、いれたきゃ、っれろよ！」

「じゃ、挿れてあげる」

弱味をつかんだつもりか、ご機嫌な布施は鼻歌でも歌うようにベッドサイドから避妊具を取り出し、俺のモノにクルクルと装着した。

ブラを手早く外し、俺に跨がったまま腰を浮かせて下も脱ごうとする。

その時、前傾した布施の白い胸が、眼前でふるりと揺れた。それを見逃さず、俺は身を起こして胸にかぶりつく。

「きゃっ、ゆう……ぁんっ」

腰を捕まえて胸を舌で乱暴に舐《ねぶ》りまくると、布施の身体から次第に力が抜けていく。

俺は彼女の下着に手を伸ばし、布をずらした。露出した割れ目に猛った欲望の先端をあてがうと、溢れ出た愛液が伝い落ちる。

「千秋……ほら、やっぱお前のじゃん。すげー濡れて、垂れてきてる」

「あっ、あ、やっ、あぁっ」

少し腰を揺らしただけで、ぬるぬると膣に飲み込まれていく。俺がやってるんじゃない、布施が自分で腰を落としているのだ。

「我慢できなかったのはそっちだろ?」

「雄哉だって……っ」

「素直になれば?」

「そっちこそ!」

なんだかんだと言い合いながらも、ずぷずぷと奥まで導かれる。

最奥を突くと、布施は数度、大きく震えた。どくどくと膣内が脈打ち、お互いが熱いため息を漏らす。

やっと繋がれた。快感より愛おしさが勝る。

肌を粟立《あわだ》たせて身をよじる布施を抱き寄せ、対面座位になり繋がったままキスをした。

ずいぶん久しぶりのキスだった。

短くするつもりが、唇が離れない。いつの間にか深く深く重なり、舌を入れてねっとりと口内を舐め回す。唾液が溢れたが、気にする余裕もなかった。溶けてしまいそうだ。

「からだ、すげー熱いな」

ようやく唇を離して呟くと、布施は恥じらうように俯く。

妄想の布施が脳裏をよぎり、俺は思わず彼女の顎に手をかけた。

無理やりこちらを向かせると、潤んだ瞳は妄想と同じく俺を切なげに睨む。見つめ合えば、ナカがきゅうきゅうと締まった。

「ずっと、こうしたかったんです」

可愛らしく呟いて、目を逸らす。

妄想よりずっとイイ。

千秋、俺のこと好きなの？　俺とセックスしたかったの？

そう言ってくれたら、めちゃくちゃにしてやるのに。

「俺も、したくてたまんなかったよ」

首筋に唇を這わせながら囁き返せば、コクンと頷き小さく笑う。

「やっぱり。性欲大魔神ですもんね」

「違う、そーゆー意味じゃなくて、俺は」

「はいはい、我慢できて偉かったでちゅね」

「……馬鹿にすんなっ！」

ムッとして唇を離し、間近で布施を睨んだ……はずが、彼女があんまりにも可愛くクスクスと笑い出したので、驚いて目を丸くしてしまう。

「なんだよ」

「ううん……ただ私、今日は疲れてるみたいで。ぐっすり眠りたいの。だから……」

布施は艶めかしく腰を動かしはじめる。

「奥にいっぱい、激しいのちょうだい。そしたら私の下着でしてた事は、忘れてあげる」

「だから、してねーって！」

クスリと笑いながら、布施はひときわ大きく動く。奥に強く当たり、軽く喘ぎながらさらに腰を打ち付ける。

「あっ、あっ、スゴ……ゆーや、すきっ」

「んっ……俺も好き」

行為の時だけの嘘も、もう慣れっこだ。

感情のこもった嘘に答えながら、彷徨う唇をそっと導いてキスをする。下から突き上げれば、布施は大きく体を反らす。びくんと何度も震え、それでもまだ欲しがってしがみつく。

ふいに、真っ赤になった頬に涙がこぼれた。彼女の白い肌を伝って、汗と共に滑り落ちる。

なんで泣いてんだ？

いや、見当はつく。やはり課長に本格的に捨てられたのが堪《こた》えているに違いない。関係が終わっているとはいえ、理屈じゃないもんな。

可哀想な布施。本当に好きだったんだな、不倫だけど。

俺なら一番にして、毎晩こうして抱いてやれるのに。

「千秋、好きだ、好きだよ」

「んっ、御託はいいから、あ、はっ、もっと……！」

「好きだ」

まったく。こんな時まで負けず嫌いを発揮する必要なんてないのに。素直に甘えて、溺れてしまえ。

俺は内心苦笑しながら、ご希望通りに激しく奥を突きまくる。

「すきだ、すきだっ、ちあきっ！」

「あーもう、うるさっ……あぁんっ、ゆーやっ」

文句を言いながら喘ぐ布施。

ほんと、現実の布施は可愛くない。全然、全く、可愛くなんかない。

◇　◇　◇

柴谷は私を抱きながら、何度も好きだ好きだと繰り返した。

そうか、そんなにセックスが好きか。

過剰なリップサービスは、告白というより『したくて堪らなかったです！』という心の叫びに思えた。確かに、久しぶりのセックスは気持ちいい。

仕事の疲れやストレスもあったのだろう。いつもより感じてしまい、生理的な涙がポロポロと溢れる。柴谷はその涙を心配そうに拭って、また「好きだ」とほざいた。

優しげな笑みを浮かべ、労わるようにキスされる。

今日の彼は妙に優しい。きっと仕事が大変だったから気遣ってくれているに違いない。

帰って柴谷の顔を見た時は少しだけウンザリしたものの、合鍵を渡しておいてよかったと思った。

最初は性欲が爆発して女を食い散らかさないようにと渡しただけなのだが、どうやら彼はもうちょっと大人だったみたいだ。

部屋は片付いているし、洗濯はしてくれているし夕飯もあるし。素直に有り難い。

まぁ、私の下着を使って少々オイタをしていたようだけど、あいつも欲求不満だったのだろう。

それに、揶揄う材料ができて面白かったし。

顔を真っ赤にして焦る柴谷は本当に可笑しかった。そんなに我慢できなかったの？　お馬鹿さん。

けれど、思えば二週間近く、彼を放置していたかもしれない。

「放っておいて、ごめんね？」

もう何度目かの行為中、ゆるく交わりながら、そっと謝る。

浮気（？）されていてもおかしくない期間だと思う。この性欲の塊がよく我慢したな、とも。

私の言葉に、覆い被さって夢中で動いていた柴谷がぴくりとして固まった。

「お前が謝るなんて、雪でも降るかもな」

フフン、と意地悪く笑いながら、柴谷は私の頭を優しく撫でる。髪を梳く指がくすぐったい。

「そんなに大変？」

「んっ……そう、ですね。大変……」

彼は動きを止めたのに、ぐずぐずにとろけた体がわずかに反応してしまう。

「引き継ぎ、してるんだっけ？」

「は……い」

「課長から離れるの、寂しい？」

「え……まぁ、まだ学べたことはあった、かと」

「そっか」

「…………ぁッ！」

ぐっと体重をかけられて、奥が甘く痺れた。

そのままぐいぐいと押し付けられるだけで、もどかしくて自然と腰が揺れてしまう。

「……ね、動いて？　もう、仕事の話は」

「お前の補佐になる奴って誰？」

「やま……山際《やまぎわ》くん」

「へぇ、あのメガネか」

柴谷は何か考えるように呟きながら腰を引く。抜けてゆく熱に「あ……」と残念そうな声が漏れてしまった。しかしそれは入り口付近で留まると、再びゆっくりと挿入されてゆく。歓喜にも似た感情が快感とともに駆け抜けた。

「んっ……はぁ……」

「山際って、メガネかけてて、一個下の、仕事できる奴」

「そ、う……っ」

腰のストロークは長く、じわじわと内側を擦りあげる。

ゆっくり挿れているだけに見せかけて、それは私のイイところでだけ、何度か小刻みに揺れた。

「あっ、あっ、そこ、もっと」

「確か、お前と同じでデータ主義。接待重視の俺とは正反対だ」

段々と、柴谷の動きは激しくなる。私はもう答えずに、快楽を夢中で追う。

「スマートで素敵って、女子社員から人気ある奴。俺と同じくらい顔のいい奴」

ブツブツと呟きながら、反り返った胸の先端を舐める。

「や、あっ、だめ、イく……！」

同時に腰は奥をグイグイと突かれ、堪らなく切なくなった。全身が強張り、柴谷のモノを締めつけながらビクビクと痙攣する。

「……っ、千秋、今日すげー締めるね。もげそう」

久しぶりだから、そう答えたいが言葉にならない。

柴谷は薄く笑うと、力が抜けて荒く息づく私を見下ろした。首筋から鎖骨の綺麗なラインが、眼前に飛び込んでくる。大きく広げられた胸の筋肉、たくましい腕。火照った肌からは彼の匂いが汗とともに立ち上り、私を包む。

何度も交わったのに、肌に馴染《なじ》んだ温《ぬく》もりに今さら胸が疼く。

「なに、エロい顔して」

思わず見惚れていたのがバレたのか、柴谷はニヤリとしてまた腰を揺らしだした。イッたばかりで敏感な体が跳ねる。

「ま、まって、まだっ」

「だーめ。激しくされてぐっすり寝たいんだろ？」

言うが早いか、彼は私の脚を大きく開いて何度も強く打ち付けてくる。ぐちゅぐちゅと濡れた音が響き、硬くて熱い塊に擦られて何度も昇りつめてしまう。

「ひゃ、ん、あぁ……っ！」

跳ねる体に覆い被さり、まだ動く。だめだ、おかしくなっちゃう。

やめて、というようにしがみついて背中に爪を立てるが、伝わらない。

「気絶って意外としないよな」

笑いながら言った柴谷が、悪魔に思えた。


悪魔柴谷の言葉とは裏腹に、私は意識を失った。

疲れきっていたので寝たのかもしれないが、とにかく気絶したように眠り込んだ。

目覚めたのは昼過ぎ。

柴谷は私が起きると、アロマを垂らしたお湯で絞った温かいタオルで全身を拭ってくれ、食事をベッドまで運んできてくれた。

なにこれ、下僕？　マメすぎて少し引く。

「疲れてるだろ。ゆっくりしろよ」

なんて言いながら、持ち帰った仕事は取り上げられ、せっかく着た服は剝ぎ取られ、再びベッドへ沈められる。

休めと言いつつセックスはするのか。マメで優しいかと思ったら、ものすごく自分勝手だ。

そんなことを繰り返し、休日が終わる。久しぶりに汗をかき、頭を使わずに過ごした。

柴谷のおかげかは置いておくとして、溜まったストレスを発散し、かなりスッキリしてしまったのは事実だった。

◇

「――休日はゆっくり過ごせたみたいですね、布施さん」

二人分のコーヒーを持ってミーティングルームへやってきた、メガネをかけた青年が私に笑いかける。山際望《やまぎわのぞむ》。ひとつ下の後輩で、私の新しいパートナーだ。

彼は机に紙コップを置くと、洗練された身のこなしで着席する。

「……いつもと何か違う？」

自分ではわからない。頬を捏《こ》ねるように触りながら山際に問うと、彼は頷く。

「なんだかハツラツとしてますよ。一昨日まではこう、眉間にシワが」

「ちょっと。誰が般若《はんにゃ》みたいな顔ですって？」

「言ってないです」

ふふ、と笑いながらコーヒーを口にする。私も倣って紙コップに口をつけながら、手元の書類を差し出した。

山際がまとめてくれたプレゼン資料だ。うちの企画で何ができるか、制作部での過去の作品などを大まかにまとめ、その会社向きの提案などが盛り込まれている。

「これ、さっき読んだ。わかりやすくていいんじゃない」

「ありがとうございます。……そっか、持ち帰られたみたいだったので、てっきり自宅で読まれたのかと」

「んー、そのつもりだったんだけど」

言葉を濁すと、山際は察しのよい笑顔を見せる。

「休めた原因、か。プライベートの充実は大事だと思いますよ」

「うーん、まぁ……」

充実、っていうのだろうか。まるで押し掛け女房よろしく甲斐甲斐しい柴谷が脳裏をよぎる。あいつ、ご飯作るとき可愛らしいクマのエプロンしてたな。でっかい図体《ずうたい》に妙に似合っていて、面白くて。

変なことを思い出してふっと頬を緩ませると、山際も柔らかく笑う。

「詮索はしません。尊敬する先輩が元気だと、僕も嬉しいですし」

「ありがとう」

まともで優しい後輩の言葉に、私は少し照れながら微笑んだ。と、

「んオッホァンッ!!」

わざとらしい咳払《せきばら》いがミーティングルームに響いた。

驚いて振り向けば、扉を開けこちらを睨む柴谷がいる。手に缶ジュースを二本抱えた状態で、不満げに唇を尖らせていた。

「わ、なんですか……ビックリした……」

「柴谷さん……会議中なんですけど」

はた迷惑な登場に、私たちは揃って不機嫌な声をあげる。

それが心外だったのか、ちょっと驚いた顔をしながらツカツカとこちらへ歩み寄ってきた。

「会議中？　俺には楽しく雑談してるようにしか聞こえなかったけど」

「聞き耳立ててたんですか」

「違う、聞こえちゃったの！」

怒鳴りながら、座っている私と山際の間に無理やり割って入る。そしてこちらに体ごと振り向くと、オレンジ色の缶を差し出した。

「布施、ジュース飲む？　今日ちょっと声枯れてるし、コーヒーじゃキツくない？」

「え。ありがとうございます」

その原因はあんたなんだけど、と思いながら、柴谷の差し出したオレンジジュースを有り難く受け取る。確かに昨日鳴かされすぎて、朝から少し喉が辛かったのだ。

「お前にもほら、コレやるよ」

「ど、どうも」

振り返って、ついでと言わんばかりに山際へ炭酸ジュースを差し出した。

嫌々ながら受け取ろうとした山際が手を出す。と、柴谷は持っていた缶を彼の眼前で思いきりシェイクした。

「ちょ、うわ、なんで」

「はい、どーぞ」

いきなりの暴挙に焦る山際に、柴谷は満面の笑顔で炭酸の缶をズイと差し出す。

女なら誰もがため息と共に見惚れるような、可愛らしく魅力的な笑顔。しかし山際は不愉快そうに顔をしかめて、無言で受け取った。

小さい。あまりにも小さい嫌がらせだ。

「何がしたいんです、柴谷さん」

私が呆れながら尋ねると、柴谷はペロリと舌を出す。

「やだなー、俺の行動に意味なんてないですよん」

それもどうなのか。お前は意味もなくジュースを振るのか。

言いたいことは山ほどあったが、ひとまず「邪魔なので消えてください」と退席を促した。

柴谷は再び唇を尖らせ、

「扉は開けとけよ。危険だからな！」

と捨《す》て台詞《ぜりふ》を吐いて去って行く。

「なんなんだ、あれ……」

柴谷の消えていった扉を呆然《ぼうぜん》と見つめ、ズレたメガネを正しながら山際がポツリと呟いた。その顔には明らかに軽蔑の色が浮かんでいる。

前から薄々気付いていた。彼は柴谷のことが嫌いだし、柴谷も山際を避けている節がある。決定的な衝突があったとは聞いていないから、生理的に嫌いというやつなのだろう。

仕事のやり方も真逆。共通するのは顔が良くて女の子にモテることとくらいか。

柴谷はライバル意識みたいなもんだろうけど、山際は仕事への接し方とか性格とかだろう……。

と、何気なく思案していると。

「布施さんは、なぜあんなのがいいんです？」

唐突に、山際が訊いた。

「え？　は!?」

え、私が、柴谷をいいと思ってるってこと？　え？

目をぱちくりさせて固まる私に、彼は炭酸の缶を横向きに倒してゆっくり回しながら苦笑した。

プルタブをプシッと開けると、炭酸はシュワシュワと跳ねたものの噴き出しはしない。彼はそれをひと口飲んだ。

「男の嫉妬は醜いですよねぇ……って、言ってやってください」

「え……柴谷に？」

「はい。だって、付き合ってるんですよね？」

「つ……付き合ってない！」

驚いた。私が柴谷と付き合っている？　何を言い出すのだ。

確かに体の関係はある。だから付き合っていると言えなくはないかもしれない。

だけどそういうことを知られたくないし匂わせたくないので、態度には一切出していない。犬猿の仲だと思われているはずなのに。

「柴谷と？　ありえない、あんな下半身バカ。山際くんの勘違いよ」

「そうですか？　お似合いだと思うのに」

「いや、お似合いとかないから。それ間接的に私を侮辱してるからね」

「ひどい言いようですね。彼氏が泣きますよ」

「彼氏じゃないって！」

思わず声を荒らげて否定し、山際をじっと見つめる。詮索しないってさっき言ったくせに！

メガネの奥を覗き込めば、彼は気まずそうに少しだけ瞳を逸らす。

「いい？　柴谷となんて、付き合ってないし、付き合うつもりもありません」

私があいつに群がる女のひとりだと思われるのは勘弁だ。そう思って、言い含めるように強く否定した時だった。

「……だ、そうですよ。かーわいそ」

Orange
100%

山際が缶に口をつけながら言い放った。

途端——。

わずかに開いた扉の向こうから、ドタンバタンと何かにぶつかる音がする。うわっ、おふっ、と叫び声がし、次いで慌てて去って行く足音が聞こえてきた。

——柴谷に聞かれたんだ。

すぐにそう気付いて山際を見るが、彼は涼しい顔で仕事の資料を読んでいる。

どうしよう。山際に乗せられて強く言いすぎてしまった。

あいつに弁解する？　でも、付き合っていないのは事実だ。

柴谷が私を落とそうとしているのも、私が柴谷を落とそうとしているのも、負けたくないから。

だけど柴谷は、私のことが好きなはず。

きっと今の言葉には傷ついた、よね……？

いくらあいつでも、好きな人から対象外だと宣言されるのは辛いだろう。

悲しそうに顔を歪める柴谷が思い浮かんで、チクリと胸が痛んだ。

6. アイツは私（俺）が好きなはず

山際め、ぜったい狙ってる。俺の千秋と見つめ合うな！

ドスドスと怒りに任せて廊下を練り歩く。転んで打ち付けた腹が痛い。

あの山際とかいうエロメガネは油断ならない。俺の第六感が警鐘を鳴らしていた。

先程のやりとり――。ミーティングルームの扉の外で息を潜める俺に気付いて、わざと布施をけしかけた、意地の悪い山際に改めて腹を立てる。

――付き合ってるんですよね？

――っ……付き合ってない！

素直じゃない布施なら、そう言うのはわかってる。俺に惚れているなんて恥ずかしくて言えないよな。大丈夫、大丈夫。本心じゃない。

俺は動揺することなく聞き耳を続ける。

――柴谷となんて、付き合ってないし、付き合うつもりもありません。

……くっ。いくら強がりとはいえ、その言葉にキリキリと胸が痛む。

確かに俺たち、付き合ってない。だけど付き合うつもりもないって、それはちょっと言いすぎだ。

お前が告白しづらくなって困るだけなんだぞ、このお馬鹿さんめ。

――……だ、そうですよ。かーわいそ。

って、こいつわざとか！

明らかに俺を意識した山際の発言に、驚いて飛び退いた――拍子に素っ転び、扉脇に置いてあったなんか硬いダンボールに突っ込む。

何が入ってんだ、角が、痛ってぇ！

俺は痛みを堪えつつ大慌てでその場を走り去った。そして今に至る。

ヨロヨロとデスクに戻ると、佐藤が心配そうにこちらへ寄ってきた。

「おい、大丈夫か？」

「大丈夫ス。名誉の負傷ス」

「なかなか帰ってこないと思ったら、そんなに腹痛いのか。早退するか？」

「しないス」

「薬飲めよ。なかったら貰《もら》ってきてやるからな」

「ウス」

佐藤の半分は優しさでできている。

こいつが布施だったら簡単なのにな。まぁ、俺が嫌だけど。

そんなわけで俺を気遣った佐藤は仕事の大半を手伝ってくれた。そのうえ、今日は客先に行く予定もないからと早退を促す。

俺はお言葉に甘えて会社をあとにすると、布施の部屋へと向かった。

合鍵を使って中へ入る。

部屋は俺が昨日出て行ったままだった。朝散らかしたであろう服やベッドを直す。

その時ふと、布施の冷たい言葉がリフレインした。

——付き合ってないし、付き合うつもりもありません。

そんなはずない、あれは照れ隠しで、意地張ってるだけで。

悪い予感を振り払っても、不安は襲ってきて俺の心を冷やす。

「千秋はもしかして、俺のこと、好きじゃない……？」

口に出した瞬間、ズキッ！　と胸が痛くなった。強烈な痛みに、思わず胸を押さえてうずくまる。

おいおい、なに傷ついてんだ。俺は布施のことなんて、好きでもなんでもないはずだ。だからもし「アタシ山際クンと付き合うのっ☆」とか言われても、ぜんっぜんへーキ！

「ぐはぁッ」

俺は断末魔をあげて倒れ込んだ。床にゴロゴロと転がりながら両手をバタバタして妄想を追い払う。

おかしいだろ、俺とセックスしまくってるのに山際と付き合うとか。

てか、もしそうなったら俺は捨てられるのかな？　俺を捨てるとはなんて生意気なんだ。

「くそ、布施のことなんて、全然ちっとも好きじゃないもん……！」

呟いてみるが、あまりの嘘っぽさに笑ってしまう。

付き合っていないと言われて、確かに、と思った。だけど落胆したのも事実。

あいつは俺の心なんてとっくにお見通しのはずだ。だけど俺には、あいつの心が見えない。

俺のことが好きだと思うんだけど、じゃなきゃ布施みたいなタイプが身体を許したりするはずないと思うんだけど、違うのか。

これまでの彼女の仕草ひとつひとつを記憶の中で辿《たど》った。

思い出の中の行為をなぞって、感じ方を観察して、少しでも俺に気のある素振りを探す。

その目線はどういう意味？　その微笑みは？

「はぁ……」

自然とため息が漏れた。今日も布施は遅いだろう。寝転んだまま帰りを待つ。

このまま寝てしまったら心配してくれるかな。

「犬か俺は」

飼い主を想いながら床に寝そべる大型犬を思い浮かべ、そう独りごちた瞬間、玄関から鍵を回す音が聞こえた。刹那、俺の体は勝手に跳ね起き、玄関へ猛然とダッシュしている。

これじゃ本当に、ご主人様を待ってた犬みたいじゃん。

「千秋！」

玄関にその姿をみとめた瞬間、俺は思わず抱きついた。

「な、なんですか」

「なんでもねぇ！」

「なんでもないのかよ」

驚きながらも背中に手を回し、ポンポンと宥めるように叩いてくれる。それが嬉しくてついぎゅうぎゅう抱きしめると、布施は少し迷惑そうに呻く。

顔を覗き込めばうざったそうに目を逸らしたが、頬がほんのり赤くなった。

なんだよ、照れてんのか。布施のくせに可愛い。

そのまま唇を寄せれば目を閉じる。柔らかく触れ合わせれば、腕の中で彼女の体温は上がり力が抜けていく。

——ほら、やっぱり俺のこと好きだろ。絶対好きだ。

唇を重ねながら心の中で確信する。

だって今日、絶対急いで帰ってきたよな。俺のために。

訊いても否定するのはわかっている。この意地っ張りの負けず嫌い。確かめる方法は、俺たちにはひとつしかない。

「……ちあき、しよ？」

耳元で低く囁けば、布施は眉をひそめる。

「今すぐですか？」

「そう。もしかして山際としちゃった？」

「はあ!?」

山際の名に、ドスの効いた声が返ってくる。布施は呆れたようにため息を吐いて俺を睨むと、

「馬鹿なこと言わないで。彼はただの仕事仲間です」

と冷めた声でキッパリと言い切った。そして、

「……契約は、雄哉とだけって約束だし」

と小声で付け足す。

だよな。わかっていたけど言わせたかった。それが聞ければもう充分だ。

俺はニヤリと笑って「じゃあ問題なし」と頷き、布施を抱きかかえて肩に担ぎ上げた。

「きゃっ！　ちょ、やだ、降ろしてください！」

「やーだねっ」

俵抱きにすると、バタバタと足を動かして抵抗される。

だが、所詮は女の力。俺は意気揚々と彼女をベッドルームへ運び込み、先程整えたシーツの上へ乱暴に放り投げた。ボフンと大きく弾んで、布施が仰向《あおむ》けに倒れる。

わずかに乱れた衣服、反抗的な表情に上気した肌。

……たまんねぇ。初めてヤッた時もこうだった。

こうやって組み敷くと、ヤバいくらいイイ顔で睨んでくるんだ。その顔が俺を無意識に煽ってるって気付きもしないで。

ゾクゾクしながら布施に覆い被さり、その瞳を覗き込む。

潤んだ瞳の奥に、彼女の隠された情欲の灯が見えた。

「……するよな？」

念を押すようにゆっくりと囁けば、彼女は顔を背けてコクンと小さく頷く。

その頬がまた赤くなるのを、俺は見逃さなかった。


服を脱ぐのももどかしく、俺たちは激しく口付けしながら絡まり合い、相手の服を剥ぎ取っていった。

はだけた胸元に手を入れ、おっぱいを引っ張り出して揉みしだく。先端に触れると、唇を塞がれた布施が呻いた。

ぐりぐりと指で刺激すれば、ツンと硬く尖ってくる。キスをやめて乳首に舌を這わせると、布施は身悶《みもだ》えながら腰を浮かせた。

その隙に、スカートの中へ手を入れストッキングごと一気に下着を脱がす。

しっとりと濡れた下着を見て、口元がわずかに綻んだ。

「そんなに俺としたかった？」

「……自惚《うぬぼ》れも程々に」

息も絶え絶えだというのに冷たくあしらってくる。

俺は笑って彼女の脚を思いきり開かせ、太ももをくすぐるように撫でた。

大事なところには一切触れず、胸を舐めながらただ際どい場所を撫で続ける。

彼女の体がもどかしげに揺れ、ふいに細い指がツツと伸びた。俺のズボンのチャックを下ろそうと動く。

「欲しいの？」

「窮屈でしょ、手伝ってあげる」

悪戯《いたずら》な指先は、俺の股間を弄って欲望を引き摺《ず》り出す。

それが大きく硬く張りつめているのを見て、布施の指は挑発するように蠢いた。思わず体がギクリと反応し、俺は誤摩化すように笑って息を吐く。

「素直に欲しいって言えばいいのに」

「素直に挿れたいって言っていいですよ」

「この負けず嫌い」

「意地っ張り」

むっ、と一瞬、睨み合った後、俺は布施の唇に噛み付くようにキスをする。彼女は驚きつつもすぐに順応し、舌を入れると応えてきた。応えながら、俺の竿《さお》を握りしめて扱《しご》く。

俺は仕返しとばかり彼女の割れ目に指を這わせた。たっぷり潤んで熱くなり、とろとろと蜜を溢れさせている。指を挿れて掻き混ぜると、途端に息が荒くなった。感じながらも、布施は負けじと俺のモノを擦ってくる。

お互いの性器を夢中で弄りながら、獣みたいにキスをした。

かぶりついて、吸い付いて、噛んで、舐めて、また吸い付いて。およそ優しさなんて捨ててしまった口付けだが、布施はぐちょぐちょに濡れている。俺の指と、唇で。

「はぁ……ちあき……っ」

「ん……ゆう、や」

激しく刺激し続けていると、彼女のナカがヒクつきながらうねる。

舌を伸ばしてキスに応戦するものの、もうくったりとしてきて俺の竿を握った手はおざなりだ。

「ほら、がんばれよ」

「……っ」

「先にイッてもいいぜ？」

「んんっ……！」

唇に垂れた涎を舐めとりながら挑発すれば、悔しそうに目を細めてこちらを睨む。

涙目じゃん。可愛い。おまけに乳首をつねりあげてやると、声にならない悲鳴をあげる。

可哀想だからこれくらいで勘弁してやろう。

俺は濡れた指を引き抜き、ベッドサイドから素早くゴムを取ると装着する。脚を開いたまま力なく横たわる布施に再び覆い被さると、熱く濡れそぼった入り口に先端をあてがった。

そして、一気に奥まで突き立てる。

「――――ぁッ！」

布施の身体が弓のようにしなった。

小さく震える彼女を押さえつけて思いきり腰を振ると、さらに背が反り返る。打ち付ける動きに合わせ、だらしない喘ぎ声が漏れた。

「あ、あっ、やっ、はげしっ……あっ」

「気持ちいい？」

ほら、俺が好きだろ。俺でいっぱいになれ。

強く突くたび、布施はひゃんひゃん鳴く。まるで貪欲に快楽を貪るかのように、無意識に脚を高くあげ、奥へ奥へ求めてくる。速度をあげると、膣内がぎゅっと締まった。

「はっ……すげ、ヤバい……っ」

俺の呻きに反応して、布施が腕を首に巻き付けてくる。

その背に腕を回して抱きしめながら、再び濃厚な口付けを交わした。

柔らかい唇に吸い付くと、もっともっと欲しくなる。息苦しくて、甘くて、切なくて。何度キスしてもし足りない。

「俺と離れらんない、だろ？」

「それは、んっ……ゆうやが、でしょ？」

「……可愛くねぇ」

鼻を突き合わせて悪態を吐きあい、またキスをする。息をするのも忘れて食らいつき、舌を絡めながら腰を振る。

「んんっ……ふ、んうっ」

俺の口の中で呻きながら彼女が震える。何度も、何度も。

こんなに気持ちいいのは俺が相手だからだろ？

俺も、こんなに気持ちいいのはきっと布施だからだ。

──もし布施が、山際だけじゃなくて誰か他の奴のことを好きになっても、絶対に離すもんか。

確かに俺たちは恋人じゃない。まだ。まだ。

だけど他の男なんて、きっとすぐお前に負けちゃってつまんないよ。

俺は、絶対負けない。

だから俺を落とすために頑張ってよ。俺も布施を落とすために、こうやって頑張るからさ。

ずっとずっと落とし合おう。いつか恋になるまで。

悩ましげに身を捩る布施を抱きしめて抽送を繰り返せば、絶頂が近付く。

早く出したくて、でも終わるのが惜しくて、ナカで馬鹿みたいにもがく。

「……く、………はっ」

小さく吐息をこぼして震えると、布施が俺の頭を抱きしめた。びくんと跳ねて勢いよく吐精する俺に、彼女はうっとりと息を吐きながら耳朶に口付け、髪を優しく撫でる。

愛情いっぱいの柔らかい仕草に、胸が詰まった。

――ゴムなんか突き破れたらいいのに。

馬鹿なことを考えたのがバレたのか、イッた後にグリグリ動く挙動不審な俺の頭を、布施が思いきり叩いた。


「昼間のことだけど、さ」

ベッドサイドに腰掛け、冷えたペットボトルの水を飲みながら、俺はなるべく何気なく、それを口にした。背後で布施が一瞬身構えたのがわかる。

だが振り向かず、ぐび、と水を飲む。

「あのムッツリエロメガネに何かされたら、ちゃんと俺に言えよ」

「え……？　それって山際くんのことですか」

布施には意外な話だったのか、きょとんとした間の抜けた声が返ってくる。

「当たり前だろ。真面目メガネはムッツリスケベって昔から決まってんだよ」

「なにその偏見」

呆れたように言われるが、俺は取りあわない。

だってあいつ絶対ムッツリだもん。布施の足とかおっぱいとか見てるに決まってるもん。布施さんエッッロとか思って脳内でアンアン言わせているに違いない。すれ違うたびに匂い嗅いだりとか。俺にはわかる。

「いーから。ちゃんと言って。気をつけて」

「はあ……わかりました」

振り向いて念押しすれば、布施は複雑な顔で頷く。

まったく、隙がなさそうでいて意外と無防備なんだからなぁ。

けど、ちゃんと釘を刺したし、もう問題なしだ。ざまぁみろ山際め。

付き合ってるとか付き合ってないとか、揺さぶりをかけようったってそうはいかない。俺たちはそんなことじゃ揺らがない。

だけど少し不安なので、山際がどんな奴なのか、ちょっと聞き込みしてみよう。あいつを狙う女は多いし、仲を取りもって布施から目を逸らすのもいい。弱味を握れたらもっといい。

布施との愛を濃厚に確かめ合って、俺のメンタルは完全に復活した。

今の俺は情けない犬じゃない。獲物を追い詰める狼《おおかみ》なのだ。

◇　◇　◇

――くそう、モヤモヤする！

資料室で棚にファイルを突っ込みながら、私は内心、毒吐いていた。

思い出していたのは昨夜の柴谷のことだ。まさか、『付き合っていない』という私の発言について、全く言及されないとは思ってもみなかった。

あの後、傷ついて悲しんでいるだろうと気もそぞろに過ごし、急いで帰ったというのに。

帰宅してみれば、なんだかわからないが嬉しそうに犯され、山際について意味不明なことを言った挙句、楽しげに独りほくそ笑んでいた。奴が何を考えているのかわからない。

――てっきり、『好きだから付き合ってくれ』と泣きつかれて懇願されると思っていたのに。落ち込んですらいないなんて。

少なくとも、それを口にした自分は落ち込んだ。言い訳みたいに『好きじゃない』『付き合ってない』と言ってはきたけれど、いざ言葉にすればなぜかショックを受けている。

私たちって何なんだろう……。

元々あいつを押さえつけるため、性欲処理を私だけとする、という契約で始まった関係だった。

なのにいつの間にか、私たちはお互いにそれ以上の気持ちを抱いている。

柴谷が私のことを好きなのは明白だ。

——だけど、自分のものにしたいとは思わないわけね。

自分だけのものにして、囲っておきたいとは思わないわけだ。

いつも独占欲じみたことを言うくせに、いざ『付き合ってない』と言われても、無視して嬉々《きき》として
セックスできちゃうんだ。

——私、なに怒ってんだろ。

理不尽だと思う。自分の心は行動にも言葉にも、何も見せていないのに。

そもそも、私は本当に『仕方なく』なの？

少なくとも彼のことを可愛く感じているのは確かだ。振り解けば頑張って追いかけてきてくれると高をくくっていたのも確か。

——あれ、もしかして柴谷は私のこと、別に好きじゃないんじゃない？　ただ、セックス相手としてリップサービスしていただけでは？

そう思うと、なんだか胸の辺りがちくちくする。

この痛みはなんなんだ。思わず自分の気持ちを直視しそうになって、慌てて目を背ける。

気付きたくない。今、この瞬間に気付いたら、悲しくなってしまう。

はぁ、と大きなため息を吐いてファイルをひとつ取り出す。

大きく開いた棚の隙間から、ちょうど入り口の扉が見えた。

――その時、その扉を開けて、男女の人影が入ってきた。

音を立てずにそろりと入室する様子は、ここで怪しいことをしようという輩だろう。周囲を見回し、ガチャリと鍵をかける。私がここにいることに気付きもしないで。

はぁ、まったく……この会社はどいつもこいつも。

行為を覗く趣味はないので、さっさと注意して出て行ってもらおうと足を踏み出した、と。

「柴谷くん、こっち」

可愛らしく作った女性の声が、聞き慣れた名前を呼んだ。

私はギクリとして身を固くし、慌てて隠れる。

物陰から窺《うかが》えば、見慣れたアイツと事務の女の子が寄り添って話している。女の方は柴谷に完全にしなだれかかって、ブラウスの胸元のボタンが二つばかり開いていた。やる気まんまんかよ。

「最近、遊んでくれないから寂しかったぁ」

「うーん、ごめんね。俺もそろそろ真面目に生きようかと思って」

「なにそれ。柴谷くんには無理でしょ」

「ひどくね？」

ころころと可愛く笑う声に、わざと拗ねたような柴谷の甘え声。

胸がムカムカする。なにこれ。は？　契約では私だけなんじゃなかったの？

「てっきり本命の彼女でもできたんだと思ってた」

「本命ねぇ……」

「誰とも付き合ってないの？」

「付き合ってる子なんて。……いないよ」

いないよ――。

笑ってそう答える柴谷の言葉に、お腹《なか》の底がズシリと重くなった。

自分だって言ったくせに。言うのはいいけど、言われるのはこんなにキツい。

おかしいな、私、傷ついてる。

「ねえ、それより山際のこと」

「だめ。柴谷くんがもっと構ってくれなきゃ教えてあげない」

「それはちょっと諸事情で……」

「したくないの？」

「どーしよっかなぁ。先に教えてくれたら考えよっかなぁ」

「そうやって逃げるんでしょー」

「バレたか」

ふたりは何やら楽しそうに喋っていたけれど、私の耳には雑音としてしか聞こえてこなかった。

心臓がバクバクして苦しい。手足が冷たくなっていく。

契約違反を発見した痛みじゃないのは、もう隠せなかった。

これは、浮気を発見した痛み――そして、理不尽だけれど猛烈な怒り。

毎晩あんなにシてるのに、へぇー、あっそう。

あんなに、あんなに気持ちよさそうに何度も何度もヤッといて、優しく抱きしめて愛おしそうにキスしといて。

ふーん、そうなんだ。へぇー、へぇー！　……ケッ。

柴谷のバーカバーカ！　犬のうんこ！

私は心の中で柴谷を高速でありったけ罵ると、隠れていた棚から飛び出した。

そして、その棚を怒りに任せて力一杯蹴りとばす。

――――ガィンッ！

大きな音がして棚が揺れ、ふたりの肩がビクッとすくみあがる。

こちらを恐る恐る振り向き、そしてお化けでも見たかのように、大きく目を見開いた。

「ち、っちちちちあっ……布施っ！」

「布施さんっ！　いつからそこに⁉」

仁王立ちで不機嫌さを剥き出しにした私に、ふたりはたちまち青ざめた。

女の方は小刻みに震えている。そんなに怖い？

私が殺意を放ちながら黙って立っていると、彼女はアタフタと胸元を直す。柴谷はあわあわしながら私に歩み寄り、無意味にぶんぶんと手を振った。

「ちがう、ちあっ……布施、これは、俺は山際のことを調べようとして！」

「はいはい、意味不明です。ええっと、あなた、事務の田中さん？　お仕事中にこんなことしたらダメでしょう？」

「は、は、はい。申し訳ありません！」

「柴谷さん、お相手なら業務時間外にお外で探してきてくださいね」

「探さねぇよ！　俺は、お前がっ」

「……黙ってください」

ひと睨みすると、彼は青くなって口を噤《つぐ》む。

私は息を整え、すぅっと大きく息を吸い込むと、ふたりに向かって叫んだ。

「ハウス《帰れ》!!」

「す、すみませんでしたーっ！」

彼らはピャッと飛び上がり、蜘蛛《くも》の子を散らすようにあっという間に資料室を出て行く。

出て行く瞬間、彼女を先に逃がした柴谷は、私の顔をチラと窺うように見た。

その目があんまりにも憐《あわ》れっぽくて、捨てられた子犬みたいで、同情しそうになって腹が立つ。

プイとソッポを向くと、彼は諦めたように扉を閉めて去って行った。

「……クソが」

誰もいなくなった資料室で、思わず呟く。

「────ふふっ」

と、棚の奥から、誰かの噴き出す声が聞こえた。

……嫌な予感がする。

そっと振り返ると、案の定、山際がクスクス笑いながらこちらへ歩み寄ってきた。

「油断大敵ですね」

「……いつから居たの？」

「布施さんがひとりでうんうん唸ってらした時からです。声を掛けづらくて、仕方ないので探し物を」

「あ……そう。それはごめんなさい」

恥ずかしいやらムカつくやら。不機嫌なまま謝ると、彼はまた笑う。

「本当は、隠れて布施さんを見ていたんですよ」

「あのね。そういう冗談は柴谷さんだけでもうウンザリなの」

呆れてため息を吐けば、山際は小首を傾げた。

「布施さんがこんなに感情を露わにするなんて、珍しい。やっぱり付き合っているんですか？」

「だから……っ、聞いてどうするのよ」

「隠さなくても」

「付き合ってないって言ってるでしょう。第一、あんなおちゃらけて脳みそ下半身に乗っ取られた迷惑男のどこに惹《ひ》かれる要素があるっていうの。取っ替え引っ替え、女の方もホイホイ引っかかりやがってまったく節操ってもんが」

「じゃあ、僕と付き合いませんか」

唐突に、山際は涼しい顔でそう言った。

「………へ？」

付き合いませんか、そう言った？　聞き間違いじゃなくて？

彼の顔は、およそ告白する男の顔ではない。ちょっとお茶でも飲みませんか、というようなテンションで言い放ったのだ。

私がきょとんとしていると、彼はメガネの左側をクイと中指で押しながら、素晴らしく綺麗に笑う。

「好きです」

「……本気？　冗談でしょう？」

私の問いかけに、山際はゆっくりと首を振る。

「ずっと尊敬していました。好きですよ」

信じられない。

もう一度囁いた彼の声は、やはり他人事みたいに響いた。

「えと、あの……」

「布施さん、ここは仕事をするところです。プライベートはまた後日」

「…………はい」

なにこれ、どういう展開？

柴谷に対する毒気をすっかり抜かれた私は、頭が真っ白になったまま一日の業務をこなした。

閑話・山際の攻防

僕が柴谷と初めてきちんと会話したのは、新入社員の頃。

場所はトイレの中だった。

「お。山際、だっけ。お疲れさん」

「あ、お、お疲れ様です……」

小の方をしていた僕の隣にやってきて隣の便器に立ち、気さくに笑ってチャックを下ろす。

第一印象、人懐っこい先輩。

「仕事どう？　慣れた？」

「はい、ぼちぼち」

先輩らしくこちらを気遣ってくれる会話に、僕は曖昧に答える。

内心、「最中に声掛けてくんじゃねぇよ」と思いながらも、無下にするべきでないと思ったのだ。

第二印象、ちょっと面倒くさい気さくな先輩。

だが、そうやって愛想笑いで彼を躱し、出すものも出し切って終わろうとした、その時。

柴谷はあろうことか、僕の股間を見て目を見開くと、大声でこう言った。

「お前、ちんこデカいな！」

「えっ、ちょ」

突然のセクハラ発言にどん引きする僕を尻目に、柴谷は目をキラキラさせて僕の下半身を覗き込む。

「すげーデカい！　通常でそれ!?」

「ちょ、なん、やめっ」

「いいなあ！　でっけーちんこ憧れる！　羨ましー！」

「……っ、やめろ！　このっ、このアホがぁあ!!」

さらに声をあげてはしゃぐ小学生みたいな柴谷に、僕はキレた。

いくら先輩でも我慢ならなかった。確かに大きめだけど、僕はそこまで巨根じゃない！

第三印象、死ね。柴谷なんて大っ嫌いだ！

以来、ムカついたからか柴谷が目立つからか、無意識に奴を観察するようになってしまった。

そして気付いたのが、柴谷が自称ライバル視している布施千秋という女性のことだ。

――あいつ、あの女のこと絶対好きだろ。

そう思って彼女も併せて観察する。

気が強くしっかりした女性だ。けれどきちんと女性らしい気遣いもあって、仕事のやり方も誠実で好感が持てる。

あまり目立たないが、周囲から頼りにされて一目置かれている。よく見れば色っぽい仕草。すらりとしたスタイルも好みだ。

……って、なに考えてんだよ、もう。

柴谷の変態が移ったかと焦る。焦り続けて、見ないふりして。

幸いにも彼女は古賀課長が独り占めしていたから、あまり一緒に組むこともなかった。

それでも、観察し続けたせいでわかってしまう。

ある時から、ふたりの関係が変わったこと。

布施さんが少しあいつに笑いかけるようになって、柴谷が調子に乗っていること。

知らない、知らない、関係ない。あのヤリチン種撒き男とどうなろうと知ったこっちゃない。

柴谷にヤられてる布施さんを想像しそうになって、妄想を無理やり追い払って仕事に没頭してきた。彼女の補佐として組むことになっても、邪《よこしま》な気持ちは微塵《みじん》も湧かさないよう努めた。

なのに――――。

ジュースの嫌がらせにムカついて、僕は突つくつもりのない藪《やぶ》を突ついた。ふたりが少しだけ拗れたのがわかる。

ずっと布施さんを見てきて、いつの間にか憧れて、彼女を目指してきた。

あの男とどうにかなってから、彼女の雰囲気が柔らかくなったのは事実だ。それがやはり、どこか悔しかったのだと思う。

これくらいの嫌味、いいだろう。ちょっとだけ邪魔してやれ。

そんな気持ちが、まさか暴走するとは思わなかった。

「じゃあ、僕と付き合いませんか」

頑なに柴谷を否定する様子を見て、割り込む勢いでそう告げた自分に心底驚いた。口が勝手に「好きです」と言葉を紡ぐ。

布施さんはただ驚いて、信じられない様子だった。僕も信じられん。

動揺を悟られたくなくて、顔が熱くなるのを見られたくなくて、早々に話を打ち切った。好きだなんて、思ってなかったんだ。

それでも、告げてしまったことで納得する自分もいる。

あの男にずっと苛《いら》ついてきたのは、彼女を好きだったからなのか――。

トイレに行くと告げて、ふたりきりの資料室をあとにする。

部屋を出た瞬間、カアッと全身の血が沸騰したみたいに熱くなった。

退出するまでポーカーフェイスでいるのは大変だった。なんとかバレずに済んでよかったと胸を撫で下ろす。

「なに言ってんだ、なに言ってんだ僕は!」

好きとか付き合ってくださいとか、何年ぶりだよ。

大人になってから、そんな口約束はしないことにしていた。明確にしないのは都合がよかったし、なんとなくはじまって、なんとなく終わることが多かった。ただ揶揄うために口にするには、僕には重すぎる言葉だ。

項垂《うなだ》れながらトイレに入ると、運悪く、手洗い場に柴谷がいた。

彼はハンカチを咥《くわ》えて手を洗いながら、鏡越しに僕に気付いてギロリと睨んでくる。

先程の告白はまだ知られていないが、後ろめたさにギクリとした。

けれど目を逸らすのは嫌で、なんとなく負けたくなくて、メガネを直しながら鏡越しに見つめ返す。すると、柴谷がハンカチで手を拭きながら、くっ、と小さく笑った。

「なに動揺してんだよ、ムッツリメガネ」

「してません。というか、それやめてください」

「ビビってんなよクソメガネ」

「ビビってません」

幼稚な煽りにこめかみがビキビキする。

彼は楽しそうに笑いながら振り向くと、僕を見ながら自分の目元を指差した。

「お前、焦るとメガネぐいっぐい直すよな。わかりやすい奴」

「……っ!?」

あっけらかんと癖を言われ、驚く。

彼は当たり前みたいに、僕がメガネを弄る時がどういう時か言い当ててきた。

「怒ってる時はさ、眉間のシワ隠そうとすんのか、鼻んとこ触って上げんの。で、超怒りながら機械みたいに『ワカリマシタ』っていう。焦ってる時は、はじっこを上げる。それで位置直んのかよ、ズレちゃうだろ余計に、っていつも思ってる。——なあ、自分で気付いてた？」

「………いいえ」

首を振って答えながら、心の中で落胆する。

この人がなんで人タラシか、僕はよくわかっているんだ。

素直で、明るくて、分け隔てなくよく見ていて。僕のことが嫌いで、僕にムカついていても、そんな小さな癖に気付くくらい誰よりも見ていて。

接待が得意なのも、クライアントとの飲みや遊びがちゃんと仕事として成り立っているのも、おちゃらけてこなしているだけじゃない。吐くほどの努力や気遣いの上でだってこと、僕だってちゃんとわかっている。

だからこそ嫌いなんだ、この男。僕は、この人にはなれない。

「布施千秋に手ェ出すなよ」

柴谷は僕を見据えながら、静かにそう言った。

まるで自分のものみたいな牽制に、カッと顔が熱くなる。

布施さんを悲しませたくせに。女だったら誰でもいいくせに。

お前なんかに、彼女を易々と渡すもんか。敵わなくても、それでも、僕は布施さんが好きなんだ。

自覚したからには、何もせずに黙って見ていることなんてできない。

僕は柴谷に真正面から向き合った。

「あなたに言われることじゃないですよね？」

「は……!?」

柴谷は驚いた顔をして、それからスッと目を細める。

「付き合ってないんですよね、おふたりは」

「…………」

念を押すように言うと、柴谷は口をぱくぱくさせる。

「だったら僕たちがどうなったって、あなたが気にすることじゃない」

僕の言葉に、彼の目がわかりやすいほどに泳いだ。

7. 悔しくて、苦しい

その日は一日中、頭の中がぐちゃぐちゃだった。

私の『付き合っていない』という発言に対して柴谷から何もアクションがなくモヤモヤしていたところへ、資料室での浮気の目撃。

そして、山際からの告白——。

「なんでこんなに次々と、わけわかんないことが起こるのよ……」

帰宅の電車に揺られながら、吊り革につかまって盛大なため息を吐く。

『じゃあ、僕と付き合いませんか』

山際のあの告白は、本気なのだろうか。

でも、彼が冗談を言うとも思えない。

——そんなに辛いなら、あんな迷惑男より自分の方がいいでしょう？　あいつより、自分の方が。

山際の言葉からは、そういったニュアンスが読み取れた。

迷っているのを見透かされている。

「ほんと、自分でもわかんない。なんで、あんな奴……」

資料室で女の子と寄り添う柴谷の姿を思い出すと、腹の底が煮えるようにグラグラする。

あんなことで悲しくなって怒っている自分が信じられなかった。

「だめだ、だめだ……」

このまま突き進んでも苦労するだけ。

心の中で必死にブレーキをかける。

付き合っていないと言われて、ショックを受けたのは私だけだった。あいつは他の女の子と遊ぼうと思えば遊べる。私はその中のひとり、それだけだと思い知った。

「くそう、柴谷のくせに……」

なんで私が、苦しまなきゃいけないの。

「柴谷のくせに……！」

ただの嫌いな男だったのに、今や彼の名前を呼ぶと、甘いキスや嬉しそうな笑顔を思い出してしまう。

それが失われる未来を想像して、悲しいと思ってしまう。

「やだ……嫌だ……」

こんな気持ち、絶対認めたくないのに。


そうやってうだうだ悩んで混乱したまま家に帰ると、玄関で張本人の柴谷が土下座していた。

「…………」

今、一番見たくない顔だ。

私は靴を脱ぎ、彼を踏んづけて部屋に入る。

「ぐえっ、まっ、千秋!」

「……ただいま」

私はむくれて不機嫌な顔を隠さずに振り返ると、足元に追い縋ってきた柴谷を見下ろした。

顔を見た途端、電車の中では我慢できていたものがぶわりと溢れてくる。

なんでここにいるの。今日は本当に会いたくなかった。

しかめ面で柴谷を見下ろす視界が、みるみる歪んでいく。

それを見た柴谷は、目を丸くして腰を浮かせた。

「どうした？　怒ってる？」

「……怒ってない」

涙を滲ませる私の顔を、柴谷は不審そうに見上げる。それから少しオロオロしつつ、本題であろう土下座していた理由を口にした。

「ごめん。あれは山際のプライベートとかを調べたくて、奴の同期に聞き込みしてたんだ」

「なんでそんなこと」

「なんでって」

柴谷はごにょごにょと口籠りながら、

「……お前が取られないか、心配だったから」

なんて目を逸らして気まずそうに言う。

……それって、セックスフレンドがいなくなるのが嫌って意味？

疑心暗鬼になっているせいで、柴谷の言葉を素直に受け入れられない。

だいたい、取られるってなに。私はあんたのモノじゃないんですけど。自分なんて、誘われればホイホイ着いて行っちゃう下半身バカのくせに。

「柴谷さんと違って、私は誰とでも寝るわけじゃないですから。柴谷さんみたいに仕事中に下心を抱いたり、イチャついたりなんて、絶対しないですから」

「――――だよなっ！」

ツンと答えると、柴谷はぱあっと顔をあげて立ち上がった。

なぜそこで喜ぶ!?

困惑する私に、柴谷は馴れ馴れしく体を寄せてきた。

「そうだよな、千秋は簡単に落ちるような女じゃないよな！」

混乱する私を差し置いて、柴谷はひとりではしゃいでいる。ニヤニヤと嬉しそうに笑うのが不愉快で、なんだかさらにムカムカしてきた。

「なあ、もしかして嫉妬した？」

「……してないです」

「嘘。俺が他の子と居て、嫌だったんだろ。だからそんな涙目なんだよな？」

「……！」

図星を突かれ、思わず肩がびくりと揺れた。

これじゃ、私が、私だけが柴谷のことを想ってるみたいだ。柴谷の余裕そうな態度に腹が立つ。

「俺が慰めてやるから、意地張るなって」

「張ってない！」

ピシャリと強く否定すると、柴谷はウッと唸って固まった。

私は彼を両手で押し退け、キッと睨みあげる。

このまま、なあなあで自分の気持ちを誤摩化したくない。

なにより柴谷の反応が見たくて、私は彼の顔を覗き込んだままこう言った。

「……山際くんに、告白されました」

「えっ」

「だから、ちゃんと考えようと思って」

これに柴谷は、再び「はっ？」と言って驚く。そしてみるみる形相が険しくなった。

「考えるってなんだよ、何を考えるっていうんだよ！」

「考えるのはあんたのことよ、柴谷雄哉！」

カッとしたのか大声を出した柴谷に、私は同じテンションで怒鳴り返す。

それに怯んだのか、柴谷は一歩後退った。

「かっ……考える必要なんて、あんのかよ」

しどろもどろに問う彼を、私は涙目で睨みつける。

「……雄哉は、ヤれれば誰だっていいんでしょ？」

「お前こそ、契約じゃなかったら俺と寝ないんだろ？」

私の恨み言のような言葉に、触発されるように柴谷も怒りを吐く。

そうだ、契約じゃなかったら寝なかった。好きでも何でもなかったはずだ。最初は。

「俺のこと考えたいなら、じっくり考えてみろよ」

柴谷は剣呑な瞳でこちらを見つめ返すと、私の手首をつかむ。強い力でぐっと引き寄せられ、私はよろけながら彼の胸元へ飛び込んだ。

途端、ぎゅうときつく抱きしめられ、首筋に唇を押し当てられて強く吸われた。

「んっ……やめ……っ」

柴谷はどんなに切羽詰まっても、見える箇所に痕をつけたりしない。どんなに独占欲があるフリをしても、私の守備範囲できちんと遊んでくれる男だった。

本気で嫌がる事はしないし、起き上がれなくなるほど抱きはしない。

よくできた追いかけっこが、私にはもう物足りなかったのかもしれない。

「あっ……やだ、ゆうや……」

やめて——そう囁く声が甘くなる。

理性を失った柴谷の唇は、首筋に、胸元に、点々と証《あかし》を付けていく。

明日の服をどうしよう。ハイネックはまだ暑いし、スカーフでも巻こうか。ぼんやりとそんなことを考えているうちに、彼の手は私の服を脱がし床に散らす。

下着すら剥ぎ取って、明るい玄関で身体のあちこちを吸われ続けた。

「ほら、ほら、考えて。俺のことだけ」

耳元で囁きながら、彼の手は私の下腹部に伸びる。

指先が秘所をくすぐると、ぴちゃりと水音をたてた。

その時、ふいに外からカツカツと足音が響くのが聞こえた。マンションの同じ階の住人が帰宅したのだ。

ここは玄関。薄い扉一枚隔てて、外に誰かがいる。

物音や喘ぎ声を聞かれでもしたら——。

そう思った瞬間、柴谷の指がぬるりと膣内へ侵入してきた。

「————っ！」

声にならない声をあげて、彼を叩く。けれど彼はビクともせず、片手で私を押さえつけ、指でナカを掻き回しはじめた。

「……っ、ふっ、……っ！」

唇を噛んで声を抑えるが漏れてしまう。そしてそれを上回るほど、溢れ出した蜜の音がくちゅくちゅと盛大に響く。

「だめ……、やめ……っんう」

柴谷の唇が私の口を塞ぐ。水音がまた激しくなった。足音が近付く。

口内に絡めとられた舌を優しく愛撫されると、下腹部が熱くなり、また濡れる。力が抜け柴谷に縋り付けば、彼も力一杯抱きしめ返してくれた。

けれど、舌と指は止まらない。何度も何度も、容赦なくいいところを指先で撫でる。

足音がすぐそこまでやってきて、玄関の前を通り過ぎようとした時。

「んっ……！　んぅ、ん、……、……っ！」

ようやく止めてくれた指を咥え込んだまま、私は大きく身体を波打たせて絶頂した。

柴谷はビクビクと震える私を支え、重なり合っていた唇をゆっくりと離す。だらしなく開いた口から、つぅ、と涎の糸が垂れた。

彼は濡れた唇をペロリと舐め、低い声で意地悪く笑う。

「こういうの好き？」

「……次、やったら、許さないから」

「次はあるの？」

しがみついたまま悪態を吐いた私に、柴谷が切なさを含んだ声音で答える。

チク、と胸が痛んだ。彼は眉をひそめて私を睨む。

「あいつと付き合うなら、俺とは今日で最後かもしれないよな。コレはただの契約だし、お前は次に山際と寝るのかもな」

ぶっきらぼうに言いながら、そっと抱きしめてくる。

まるで大事なもののように扱う仕草に腹が立つ。腕の中で、私は唇を噛んだ。

「……見くびらないで。私は、あんたとは違う」

思い通りにいかないからって、すぐに違う人と寝るなんてできない。それができるあんたとは違う。いくら好きじゃなくても、ただの契約だったとしても。私はすぐに乗り換えたり、裏切ったりなんてしない！

泣きながら柴谷をポカポカと殴って、怯んだ隙に落ちた服を拾って体を隠すと、玄関を開け無理やり柴谷を追い出した。

「ちょ……千秋！」

「帰って！」

バタンと音を立てて思い切り扉を閉め、すぐさま鍵とチェーンをかける。

柴谷はしばらく小声で扉越しに私を呼んでいたけれど、無反応でいるとやがて諦めたのか気配を消した。

私は興奮し、ぼろぼろと涙を流しながら立ち尽くしていたが、やがて彼がいなくなったことに気付いてへたりとその場にうずくまった。

こんなの、ただの契約だった、はず。それなのに。

——考えて。俺のことだけ。

考えてる。いつの間にか、柴谷のことでいっぱいだ。

それが悔しい。どうして私だけが、こんな気持ちにならなくちゃいけないの？

それから私は、柴谷を徹底的に避けた。出勤を始業ギリギリにしたり、外回りを多くしたり。とにかく社内ですれ違うのも嫌で、顔を見なくていいように。

考えて、結論を出すのが怖かった。他の女の子と同様に、遊びじゃなくて本気になった時、私はどうなってしまうのだろう。泣いて縋ったりなんて、絶対にしたくない。

私のぐちゃぐちゃな気持ちを汲《く》んでくれたのか、山際くんが率先してフォローしてくれる。申し訳なく思いながらも、彼のおかげで今のところ柴谷を避けまくることに成功していた。

その代わり、あれから山際にはやんわりとアプローチされている。

もっとも彼の場合は、私へのアプローチというよりも——。

「あぁ、布施さん。髪の毛にゴミがついてますよ」

柴谷の見ている前で、山際がそう言って髪に触れてくる。

それを柴谷が、遠くからものすごい目で睨む。

「……あなたって、こういうことするタイプなのね」

「いけませんか」

「いけないっていうか……」

背の高い彼が、やや屈んだ体勢で私の髪をいじる。その表情は間近にいる私にしか見えないが、頬がほんのり赤い。

最初こそポーカーフェイスだった彼だけど、距離が近くなるうちに違う面も見えてきた。冷静沈着だと思っていたのに、意外と煽られるのに弱かったり、ムキになる子供っぽいところもある。

「似合ってないから、やめたら？」

くすりと笑うと、山際は不貞腐《ふてくさ》れたような顔をして離れた。

「自分でも思います。でも、僕も色々と悔しいので」

背中越しにチラリと柴谷を振り返り、わざとらしくフフンと勝ち誇った笑みを浮かべてみせる。

柴谷が遠くで歯噛みしているのが見えた。

……だからそれは、私に対するアプローチなのか？　柴谷に対するアプローチの間違いじゃない？

呆れながら、山際に「ありがとう」と言って肩をポンと叩く。

「じゃ、行くわよ」

「はい」

自分のデスクから鞄を取ると、彼も倣った。

これから取引先へ移動する。私は社用車のキーを取り、山際は資料を持って会社を出た。

「今日、飲みに行きませんか？」

車に乗り込むと、山際が助手席でシートベルトを締めながら言う。

「このあと？」

「ええ。ちょっとだけ」

一瞬だけだがじっと真剣に見つめられ、じわりと体温が上がる。

これ、この前の告白の続きだな——そう、勘が告げた。

忙しくて色々となあなあになっていたけれど、ハッキリさせるつもりかもしれない。

「……一杯だけなら」

どちらにしても、私も向き合わなくちゃ。自分の気持ちと。

少し悩んでそう答えると、車を発進させた。

◆　◆　◆

落ち葉が落ちていく。秋も終わる。

なんかあったよな、落ち葉が全部落ちたら死んじゃう、みたいな。

俺は今、そういう気持ちだ。あの木の落ち葉が全部落ちたら、切なくて死んでしまうかもしれない……。

「おい、柴谷。落ち葉見てないで行くぞ」

立ち止まって黄昏《たそがれ》る俺に、先輩の佐藤が面倒くさそうに声を掛ける。

「まぁ、紅葉の季節だからなぁ。旅行とか行きたくなるよな」

旅行……温泉……千秋の裸……！

くそう、本来なら休みをとってふたりで旅行にも行けたのに。山際の野郎、引っ掻き回しやがって！

「ぐあああああ！　佐藤先輩ぃぁぁぁあ！」

「う、うわっ、なんだなんだ!?」

怒りに任せてゾンビのごとく襲い掛かると、驚いた佐藤に思い切り頭を叩かれる。

だけど俺の目に涙が浮かんでいるのを見て、佐藤は戸惑ったように「ま、また話聞こうか？」と尋ねてきた。

「お願いします……」

「素直になったなぁ」

頭を下げると、佐藤は面倒見の良い笑顔を浮かべる。そして、「また定食屋でいいか?」と言いながら俺の肩を抱いて慰めるように歩き出した。


布施と喧嘩したこと、山際のこと。ふたりの仲が良いことで落ち込んでいること。特に山際とイチャイチャしているのが辛いと、定食屋の以前と同じ席で佐藤に本音をぶちまける。

自分でも驚きだが、よほど溜め込んでいたのか、ずるい、ずるい、俺だけって約束したのに!と子供みたいな言葉が飛び出してしまう。

それを佐藤は、『ヘルシー中華粥《がゆ》セット』のお粥をふーふーしながら黙って聞いてくれた。

「さっさと謝って好きだって言っちゃえばいいのに」

俺が話し終えて水を飲むと、事情を聞いた佐藤がそうこぼす。

だが、俺は首を横に振った。

「布施の方が俺のことを好きなんであって……」

「まだそんなこと言ってんのか。そんなんじゃ山際に取られちゃうぞ」

佐藤の非道な発言に、俺の目が潤む。鼻の奥がツンとして苦しい。そう思った時には、涙がだぱだぱと溢れていた。

「ぐっ……」

「あ、わ、おい、嘘、嘘だって。泣くなよ~もう」

佐藤が気を利かせて紙ナプキンを数枚渡してくれる。それを受け取って涙を拭いた。

「布施もなあ。ああ見えて恋愛経験少なそうというか不器用そうだし……きっかけがつかめないのかもしれないぞ。前の彼氏は大学の後輩だっけ。押し切られたって言ってたし、自分から行く感じじゃないよなぁ」

「!?」

なんでそんなこと佐藤ごときが知ってるんだよ。というか、

「大学の後輩？　課長じゃなくて？」

そう尋ねると、佐藤が混乱する。

「課長？　なんで課長？　結婚してるだろ」

「だから俺、てっきり不倫だと思ってて……」

「布施はそんなことしないだろ……性格的にも、そういうのは嫌いだろうし」

言われてみれば確かにそうだ。じゃあ、シンスケって課長じゃないのか？　大学時代の後輩で、ただの元彼？

どうりで会話が微妙に噛み合わなかったはずだ。悲しい恋とか辛い思いとか、していなかったんだ。

「……よかった」

ついホッとして、そしてすぐにブンブンと頭を振る。

よかったけど、よくない。それじゃ俺は、ずっと空回りしていたってことか。

俺の存在に癒やされていると思っていたのに。

役に立っていると思ってた。布施のためになってるって。

だけど、ぜんぶ俺の妄想だったのか。俺って布施にとって、ほんとに必要なかったんだ……。

「ん？　まて、じゃあ好きな奴って誰だったんだ？」

最初にキスを拒まれた理由がわからない。普通にシンスケって奴とは別れていたんだから、他の男がいるはずだ。

「もしかして、山際――」

「バーカ」

言いかけると、頭をデコピンで弾かれる。

「いたっ」

俺がおでこを押さえて佐藤を睨みつけると、奴はやれやれと呆れ顔でため息を吐く。

「お前だよ、お前」

「俺……っ!?」

「布施とどんな会話があったかは知らないけど、今向き合ってるのはお前だろ。だから好きな男ってのもお前だ……たぶん」

「……！」

佐藤の言葉に、俺はハッとする。

最後のたぶんが余計だが、そうだ、結局は俺と向き合って、俺とキスしてくれたんだ。もしあの時点で他に気になる男がいたとしても、今はもう俺のことが好きなんだから関係ない。キスしたってことはそういうことだ。俺を選んだってことだ。

今はちょっと拗れているけど、俺を好きなことには違いない。

そうだ、俺は布施に受け入れられた男だ！

「そんなに単純なのに、なんで素直に好きって言わないんだ？」

元気になった俺を見て、佐藤が首を傾げる。

なんで。そんなの決まってる。

「……布施に勝ちたい」

布施千秋に勝ちたい。負けたくない。

だって、悔しいんだ。たぶん俺の方が、布施のことずっとずっと好きだ。

どこがどうとか難しいことはわからないけど、一緒にいるとわくわくする。俺に媚《こび》も売らないし、対等に並んできて打ち負かそうと掛かってくる。挑戦的な目はいつもきらきらしてる。そんな子は初めてなんだ。

それに布施は、たぶん負けちゃうような男に興味がないから。だから、俺は引くわけにはいかない。

「惚れさせて、俺のこと好きだって認めさせたいんだ」
そう言うと、佐藤は「めんどくせぇ」と呆れる。呆れながら、「まぁ、がんばれ」と言って粥を啜った。

佐藤と話して、俺は布施に避けられたことでずいぶんと臆病になっていたことに気付いた。俺らしくもない。攻めの姿勢を忘れ、嫌われたらどうしようなんて今さら逃げ腰になっていた。だが、布施は俺のことが好きだという事実を思い出すことができた。あいつは素直じゃないから、ちょっと強引にでも自分の気持ちと向き合わせてやるしかない。突撃あるのみだ。

夕方に取引先から直帰すると、俺は頭の中で練っていた作戦を実行に移す。会社だと嫌がられるから、布施の部屋で家事をやりながら待ち伏せしよう。それで、俺の言いたいこと、布施の気持ちを、もう一度ちゃんと確かめ合うのだ。
今日は追い返されても、話し合うまで絶対に帰らないぞ！

8. 何もかも、ままならない

なにやってんだろう……。

私は久しぶりにひどく落ち込んでいた。ちゃんと持ったと思ったのに、取引先で使う大事な資料を忘れてしまったのだ。

山際とふたりで内容の最終確認をして、他の書類を入れたファイルに一緒に仕舞ったはずだった。なのに、入れ忘れてしまっていた。そして穴抜けの資料をそのまま山際が持ってきてしまい……。

彼が数字を大まかに暗記していてくれたので、普段の信用もありなんとか助かったものの、正式なデータは後でお渡しすると言って平謝り。

こんな失敗、新人以来だ。

気付かなかった山際も、彼は彼で落ち込んでいる。お互い念入りに準備するタイプなだけに、ダメージが大きい。

車に戻るなり、ふたりしてズーンと重い空気で俯いてしまった。

「すみませんでした……」

「ううん、私こそ気付かなくてごめん。助かったわ、ありがとう」

「いえ、こういうのは部下の仕事です。本当に申し訳ないです……」

お互いをフォローし合いながら、揃って大きなため息を吐く。

私と山際の仕事のやり方は似ている。落ち込み方まで。

似ていて心地いいのに、私はふと真逆な柴谷のことを思い出す。

あいつだったら、こういう時どうしたかな。忘れちゃったって素直に言っても許されそうな雰囲気を作って、切り抜けるのかな。

『こんなことで落ち込みすぎ。次いこうぜ、次！』

そんなふうに言って、元気付けてくれるのだろうか。

あの能天気な笑顔を思い出すと、ふたり揃って項垂れているのがなんだか可笑しくなって、私は少し笑った。

山際が不審そうに顔をあげる。

「……なんです？」

「ごめん。私たち、ボロボロだなと思って」

そう言うと、山際も少しだけ頬を緩める。

「確かに」

ここ連日、お互い調子が狂っている。

ここでこうしていても仕方ない。さっさと帰って、データを送って、飲みにでも行けばいい。頭ではわかっているのに、うじうじと切り替えられない。いっぱいいっぱいだ。

私は車のエンジンをかけると、ラジオをつけた。車のスピーカーからは、掠れた音でよく知らない音楽が流れてくる。

「珍しいですね」

「たまにはね」

気分転換になるかと思ったが、予想に反して夕暮れと音楽が合わさって物悲しい。柴谷みたいにうまく空気を変えることはできなくて、なんだか静かなまま帰社した。

「お疲れ様です」

「おかえりなさい。お先です」

会社に着くと、終業時間はとうに過ぎていた。残っていた他の社員たちも次々と帰っていく。外はすっかり暗くなり、節電のために社内の電気は半分ほど消されていて薄暗い。

私は自分の机に戻ると、荷物を置いてすぐに資料を送る準備をする。チラリとホワイトボードを見ると、柴谷は出先から直帰らしい。鉢合わせる心配がないことに、ホッと胸を撫で下ろす。

「これでよし……最後にもう一度確認してくれる？」

「わかりました」

ふたりで最終確認をし、データを送り終えると深く安堵のため息を吐いた。

「あとは先方の確認待ちね。資料室に借りたものを戻して、さっさと帰ろっか。飲み、行くでしょう？」

「ええ、逆にもう、ただただ飲みたいです」

「よかった。私も飲みたい気分」

凹《へこ》んだまま帰りたくないというのが一致する。ご褒美が待っていると思うと俄然《がぜん》やる気が出てきて、あと少しだと気合を入れた。

山際と資料室へ向かい、手分けして資料を棚に戻す。

さあ、帰るぞ！　そう思って資料室の扉を開けようとすると、ガチンとドアノブが固く引っかかった。

「……あれ？　開かない」

「えっ？」

もう一度回すが、回らない。どうやら外側から鍵が掛けられているようだ。

「うそ……」

山際と一緒に青くなる。交替でドアをガチャガチャするが、当然ながらびくともしない。そうこうしているうちに、フッと電気まで消えてしまう。

「あー……」

資料室はデスクのある部屋からやや離れた場所にある。もう誰もいないと思ったのだろう。守衛が電源を落としたのだ。

暖房が切られ、非常灯の弱々しく青白い光がうっすらと灯る。窓もないから灯《あか》りはそれだけだ。

――いつもはこんなことないのに。

守衛は室内を確認するはずだが、もう確認が終わった後に入ってしまったのだろうか。ツイてない日はとことんツイてないらしい。

「山際くん、スマホは？」

「デスクの上です」

「だよね――……」

はあ、とふたりでため息を吐く。

しばらくは扉を叩いたり誰かいないかと叫んだりしたものの、反応はない。今日はもう諦めるしかなさそうだ。

私たちは並んで床に座り込む。

「気付いてもらえるのはいつかな」

「どんなに遅くても朝には気付くでしょう。真冬じゃなくてよかったですよね」

不幸中の幸いです、そう言って山際は上着を脱ごうとする。

「布施さん、寒くないですか」

「大丈夫。というか、確か毛布みたいなのがあったはず」

隠れてえっちなことをしている奴がいるということは、隠れて仮眠している奴もいるということだ。まったく、みんな資料室を便利に使いやがって。

山際と協力して探索すると、隅に寄せられた段ボールの中から毛布はすぐに見つかった。ちょっと埃臭《ほこりくさ》いが、この際我慢しよう。

扉に近い場所の壁際へ段ボールを敷き、その上に座ると、一枚の毛布にふたりで包《くる》まる。

あーあ、飲みにも行けないし、お腹も空いた。今日は散々だ。明日絶対美味しいもの食べてやる。

不貞腐れていると、山際がくすりと笑った。

「布施さん、密室にふたりきりなのにぜんぜん危機感ないですね。僕が突然襲ったりするとか、思わないんですか？」

「山際くんが？」

まったく意識していなかったことを言われ、私はきょとんとする。

「……山際くんはそういうことしないでしょ。誰かさんと違って」

「ええ、まあ。しませんけど」

そこまで意識されていないと、ちょっと悲しい。彼はそう言って、ポスンと毛布に顔を埋めた。

人間性を信頼しているってことなんだけど、そうか、意識してないってことに……なるのかなぁ。

「好きだっていうの、あれ、本当ですからね」

不安になったのか、山際が念押ししてくる。

「嘘だとは思ってないわ……」

でも、それだけだとも思ってないけど。

彼は私より、柴谷を意識しているような気がする。

「返事、今した方がいい？」

「やっ、それは……！」

私の言葉に、山際は焦って首を振った。

「今日って、その話じゃなかったの？」

「そうなんですけど、振られるのも覚悟がいるので。パッと逃げられる場所でお願いしたくて」

同じ毛布の中で隣り合う彼は、気まずそうに顔を背ける。

「……わかる」

こうやって顔を突き合わせて好きだなんだと言い合うのは、大人になってからは特にしんどい。傷つきたくない。傷ついて泣いても、翌日にはいつも通りの顔でいなければならないし。

それでも言わなければならなくなった時は、逃げ道は残しておいて欲しい。深く傷つく前に、そっと何もなかったことにして欲しい。

そういうの、柴谷にはわかんないんだろうなぁ。

はあ、とため息が出てしまう。

すぐ柴谷のことを考えるのもやめたい。もう本当にダメダメだ。

「……ごめんね」

自分のダメさを改めて謝ると、彼はちょっと不機嫌になる。

「だから、布施さんのせいじゃないですよ。強いて言うなら、僕らを振り回す柴谷さんのせいです」

「それは間違いないわね」

本当に、あいつに振り回されすぎている。

私が笑うと、山際も釣られたように微笑んだ。ほんの少しだけ場が和む。

「……山際くんって、なんで柴谷が苦手なの？」

「嫌いな理由は色々とありますが……」

苦手な理由を聞いたのに、山際はナチュラルに嫌いな理由を思い浮かべて顔をしかめる。

「今はただ、悔しいんだと思います。僕にないものを、たくさん持っていて」

悔しいから、羨ましいから気になるのだ。そして、できない自分と比べてしまう。

「持ってないものと比べたって、仕方ないと思う。それじゃ誰だって分が悪いわ。山際くんには山際くんの良いところがいっぱいあるし、私はそれで助かってるよ」

「……ありがとうございます」

自分に言い聞かせるように言うと、山際は少しだけはにかむ。

「でも、悔しいのは……あなたのことも含めて、です」

「うっ」

藪蛇。また恋愛の話に戻ってしまった。

「今日はぐいぐい来るわね」

「弱ってる時がチャンスかなって」

茶化すように言って小首を傾げ、抜け目なくイケメンスマイルをしてみせる。けれどそのメガネの奥の瞳は、私を心配そうに見つめていた。

「……甘えてもいいですよ？　好きな人の愚痴くらい、聞ける度量はありますから」

そっと優しく囁かれ、押し込めていたものがぐらぐら揺らぐ。

薄暗い中でぼそぼそと話す雰囲気も手伝ってか、私はそこから、柴谷への不満や愚痴をポツポツとこぼした。

こんな関係になる前からの、柴谷の女遊びへの愚痴。それなのに仕事ができて人に気に入られることへの不満。

過去の出来事を交えて、こんな女がいた、こんな喧嘩があったと話すと、山際は笑って聞いてくれる。

「まったく、節操がなさすぎるのよ。ここだって、柴谷がいいように使ってるって自慢げに言ってたし。この間のことだって……」

資料室に女の子を連れ込んでいたことを口にしかけて、ハッと口を噤む。

言葉にしようとした瞬間、喉がぐっと詰まった。顔を寄せ合ってくすくすと笑い合うふたりの姿を思い出し、涙が出そうになる。私は自分が思うより、ずっとダメージを受けていた。

思わず俯いてしまうと、山際が気の毒そうに私の顔を覗き込む。

「それで、最近こんなにボロボロなんですね」

「……」

察しの良い山際は、私の反応ですぐに理解してしまう。

なんだか恥ずかしくて、頬がわずかに上気した。今が暗くて助かった。

「……私、自分の趣味がわからない。どうしてあんなのが……」

好きなのか。

そこまでは言い切れず、声が小さくなった。

自分でもまだ納得できない。信じられない。ぜんぜんタイプじゃないのに。なのに、胸が苦しい。

「……自分では、どうにもならないですよね」

私が黙ってしまうと、山際が気遣うように口を開いた。

「僕も今まで、恋愛は頭でしていました。負け戦はしない主義だったんです。でも最近、そうはいかないって思い知りましたよ」

小さく自虐的に笑って、私を見る。

同じだ。私もずっと、自分でコントロールできる範囲の恋愛しかしたことがなかった。

一番長く続いたのは、最後に別れた彼氏のシンスケだ。大学の後輩で、熱烈に押されて付き合い、年下なのもあって甘えられながらなんだかんだと上手くいっていた。

だけどある日、他に好きな人ができたからと振られた。

私は大きく動揺することもなく、忙しくて構ってあげられなかったから仕方ないと処理できた。

たいして傷つくこともなくて、私って恋愛に淡白だなと思っていた。

もちろん長く一緒にいたから、ふと寂しい瞬間もある。

だけど、それだけだった。私の心は、いつだって私ひとりのものだった。誰かに乱されて、わけがわからなくなるなんて、そんな経験したことがなかった。

でも今は違う。しかも相手が柴谷だなんて。あいつとは、割り切った関係のはずだったのに。

私に見せるような顔を、他の子にしないで欲しい。可愛く甘えたり、とろけるように笑ったり、甘ったるいキスをしないで――。

独占欲が溢れてきて、自分がさらにわからなくなる。

「いいなあ……そんなに想われて」

「誤解しないでよ。これは想ってるんじゃなくて、悔しさ八割、納得いかなさ二割って感じなんだから」

「はいはい」

苦笑しながら、山際は胸ポケットからハンカチを取り出して私の頬に押し当てた。

自分でも知らないうちに、涙が流れていた。ボロボロと溢れる涙を、山際が優しく拭ってくれる。

胸が苦しい。自分の気持ちをどうしていいかわからず、私は呆然とそれを受け入れた。

「布施さん、もし僕が、あなたの気が変わるのを待っていると言ったら……」

と、彼が何かを言いかけた、その時。

――ドンドンドン！　と扉を激しく叩く音が響いた。

私たちはびくりと身をすくませ、それからハッと目を合わせる。

「人⁉　布施さん、人ですよ！」

「誰か、そこにいますか⁉　助けてください！」

慌てて大声を返し、毛布を放り出して扉を叩く。きっと、部署の誰かが荷物に気付いて探しに来てくれたに違いない。

扉の向こうの人物に私たちの声が届いたのか、扉を叩く音が止《や》む。ホッと胸を撫で下ろした、瞬間、

「やっぱりここか！　この、エロメガネ！」

聞こえてきたのは、焦ったような柴谷の怒声だった。

◆◆◆

――千秋が帰ってこない。

悪いと思いつつも、こっそり合鍵で家に入って待っていた。

どうせ怒られるなら、と家事をやっていたが、あらかた終わってしまう。

「遅すぎる……」

今日は取引先に行ったようだった。接待？　いや、まだ話を詰めている最中みたいだし、明日は休みでもないから帰ってくるはず。

そう推理して大人しく待ってみるものの、終電が近付くにつれて焦ってくる。

「まさか、朝帰り……とか？」

自分の発言に、サッと青ざめた。試しにスマホにメッセージを入れてみるが、返事がない。既読すらつかない。

おかしい。返事はともかく、布施はすぐに既読をつけるタイプなのに。

嫌な予感がして、心臓がバクバクしはじめる。俺は急いで上着と荷物を取ると、布施の部屋を飛び出した。

取引先での仕事が終わった後は、布施は山際とふたりきりだ。

まさか、飲まされてたりして。告白されたっていうし、押されまくって絆されてたりして。意外と押しに弱い布施が心配だ。

ふたりがいい感じになっているところを想像すると、胸がズキズキする。

俺以外の男と、仲良くお酒飲んでキスしてえっちして、あんなエロい顔をあいつに見せるの？

嫌だ。そんなの嫌だ。佐藤の言う通り、早く素直になっておけばよかった。

布施に負けたくない――。

そうやってやりあって、いつまでもじゃれあっていたかった。

だけどそれができたのは、約束された安心があるからだ。契約でお互いを縛っているからこそだった。

そんな口約束、布施が俺以外を選んでしまえば、いつだって無意味になってしまうのに。

会社に到着すると、布施を探す。彼女のデスクに荷物があるのを発見し、ついでに山際の荷物もあることを確認した。

まだ社内にいることに安堵しつつ、疑問が湧く。

ふたりで、いったいどこで何をしてるんだ？　つけっぱなしのパソコンは、スリープ状態になっている。

どこだ!?

必死に走り回り、思い当たる場所を探し回る。資料室の辺りの電気が消えているのを見て、嫌な予感が加速した。一か八か、思い切り扉を叩くと、中から布施と山際の声がする。

俺は守衛に鍵をもらいに走った。一秒でも惜しい。焦りながら扉を開けると、そこには――。

毛布に包まり、頬に涙の跡を残す弱々しい布施と、慰めるように側に座っているエロメガネ。

その姿を見て、俺は怒りで目の前が真っ赤になった。

9. 大好き……じゃないもん！

「来い、千秋！」

柴谷が怒っている。ここまで怒りを露わにした彼を見るのは初めてで、一瞬呆気《あっけ》にとられてしまう。

だが、腕をつかまれて引っ張られると、その力強さに驚いて抗議した。

「い、痛っ！　放してよ！」

「柴谷さん、僕たちはただ閉じ込められていただけで……」

「いいから、とにかく今日は帰るぞ」

山際の説明も私の抗議も無視して、柴谷は私を引っ張っていく。

こんなに語気の荒い彼も、笑顔の一切ない姿も初めてだ。デスクから荷物を取って会社を出る。

その間もずっと私の腕をつかんだまま、彼は無言だった。

山際とは何もない。ただタイミングが悪くて、閉じ込められていただけ。そう説明しても反応はない。

言い訳したくて堪らない。

柴谷の手がすごく熱くて、胸が苦しい。

タクシーに乗せられ、私の部屋へ強制的に運ばれる。

合鍵でさっさと扉を開けて中へ入り、柴谷は持っていた荷物をそのへんに放ると、扉を閉めてからようやく手を放してくれた。

「柴谷さん、ほんとに……っん！」

玄関へ入って口を開きかけると、強引にキスで唇を塞がれる。

何もかも一方的だ。勝手で、強引で、腹が立つ。なのに、柴谷が泣いているみたいに感じるのはなぜだろう。

「ちょ……ん、んんっ、まって。山際くんとは、本当になんにも」

「今その名前、聞きたくない」

「んん……ふ、ぅ……っ」

後頭部を両手で押さえつけられ、逃げることができない。貪るような口付けに、荒々しい舌使いで口内を隅々まで蹂躙《じゅうりん》される。

柴谷も、あの時の私と同じなのだろうか。

他の女の子と一緒にいるのを見て、悲しくて腹立たしかった、私の気持ちと。

息苦しくなって柴谷のシャツをつかむと、彼の力が少しだけ緩んだ。頭を押さえつけていた手が背中に回り、両腕が体を包む。

「……ん……」

優しく腰を撫でられて、つい甘えたような声が漏れた。私はそのまま、彼のキスを受け入れるように自分からも舌を絡める。

柴谷のキスが優しくなり、力が抜けていくのがわかった。私はシャツをつかんでいた手を放し、彼の両頬を包んで慰めるように撫でる。

名残惜しむようにゆっくりと唇が離れた。

肩で息をしながら目を開けると、眼前で柴谷が私を見つめている。

ぎらりと獰猛《どうもう》な瞳と視線が合う。

「おいで、千秋」

柴谷はひどく優しい声で囁くと、そのまま私を抱きかかえようとする。

従うように、首に両手でぎゅっと強くしがみついた。

子供みたいに前抱きに抱え上げられ、連れて行かれる先は寝室だ。

結局、なあなあになるのかな……。でも、少し違う気もする。

だって、柴谷はすごく怒っている。私が離れてしまうかもしれないことに。

そしてそれが、すごく嬉しかった。

ベッドへ寝かされると、柴谷は私の服を剥ぎ取り、自分の服も脱ぎ捨てた。

いつもは饒舌《じょうぜつ》な彼が一切口を開かず、真剣な眼差しで私を熱く見つめてくる。視線だけで溶かされてしまいそうだ。

準備をした柴谷は、そっと私の上に覆い被さる。ギッとベッドが軋《きし》んで、彼の重みでマットレスが沈み込んだ。

ゆっくりとした動作に、まるで捕食される前の獲物の気分になる。

柴谷《ライオン》はいつでも食べられることを思い知らせるように、肌には触れず、顔を近付けて思わせぶりに匂いを嗅ぐ。

彼の吐息が、首筋を這うように撫でていった。

なぜだろう。初めてするみたいに緊張して、息が上がる。胸がドキドキする。

苦しさに目を細めながら柴谷を見ると、至近距離で視線が絡んだ。

暗闇の中、しばらく無言で見つめ合う。

やがて、うるさいくらいの心臓の音に耐えきれなくなる頃、やっと静かな口付けが落ちてくる。

そのキスは唇をそっと撫で、熱を残すことなくすぐに離れてしまう。

物足りなくて、ねだるように柴谷へ視線をやる。すると彼は少しだけ眉をひそめて、苦しそうに私を眺めていた。

「お前なんか嫌いだ。だいっきらいだ……」

そう呟きながら、指先で私の唇を優しく撫でる。その指先は頬を滑って、耳朶をくすぐり、髪を梳く。

普段はわりと乱暴な柴谷だけれど、たぶんこっちが本当の彼なのだろう。

モテモテイケメンな柴谷雄哉の仮面を剥がせば、そこにはただ、甘えん坊で臆病なひとりの男の子がいる。

キスをしてうっとりし、涙目で私を見つめている。恋をしている瞳で。

「ゆうや……」

可愛くて繊細な、きっと私しか知らない柴谷。

腕を伸ばして、彼の頭を両手で抱きしめる。そっと唇を寄せ、濡れた睫毛《まつげ》にキスをする。

柴谷は一瞬驚いた後、力が抜けたように私の体の上に伸し掛かってきた。全身の肌を密着させると、甘えるように頬ずりする。

下腹部に当たる熱く硬いものが存在を主張してくるので、私は導くようにそっと脚を開く。いつもより凶暴に猛ったそれは、入り口の愛液を塗りつけるようにゆっくり上下した後、じわじわと肉の壁を穿《うが》って私の膣内に侵入してきた。

容赦なく内壁を擦りあげる強い刺激に眩暈《めまい》がする。

反り返る身体に口付けを落としながら、柴谷は囁くように掠れた声で私の名前を呼んだ。

「千秋……ちあき」

その柔らかなリズムに合わせ、ゆったりと腰を振る。

淫猥な水音と肌の打ち合わされる音が響く。胸の苦しさと体内を圧迫する物理的な苦しさで、息が詰まる。

なんとなく、そのまま息を殺した。

嬌声をあげるのを躊躇うような静かな交わりの中で、シーツの擦れる音や互いの荒い呼吸が、いやに大きく耳に届く。

「……我慢してんの？　なんで？」

ふいに、苦しそうな私に気付いた柴谷が笑って言った。

理由はない。理由なんてないけど。

「きもちっ……から……はずかし」

強いて言うならそれだった。柴谷がひと突きするたび、背中をぞくぞくと快感が駆け上がる。首の後ろがざわりとして、頭の中が白く飛びそうになった。感じすぎて悲鳴をあげそうで怖かった。

恥じらいながら身を捩る私を見て、彼はまた薄く笑う。

「いつも大声でよがってんのにな」

「だ、って……、あ……っ」

自分でも驚くほど甘えた声を出し、少しだけ喘ぐ。

縋るような柔らかい柴谷の仕草は、私から負けず嫌いを取り払った。ただ気持ちよくて、ただ愛されたい。彼の甘さに、私も釣られてしまう。

「千秋は、ここが弱いよな」

そう言うと、柴谷は微笑んだまま腰の角度を変え、ぐい、と奥の奥へ突き立てる。

「――っ！　……っ、ぁ……んんッ！」

あまりの刺激に、我慢できず声が漏れてしまう。

体が否応無《いやおうな》しに反り返り、強張りながらシーツをきつくつかんだ。

「あぁ……たまんねぇ」

柴谷はうっとりと息を吐き、反った首筋にキスをする。

そのまま縋り付くように抱きしめてくると、密着したまたっぷりと味わうように腰を揺らした。

いつものような激しい動きとは違う。なのに、気持ちを伴った動きがいつもより感度を上げる。

蜜が溢れ、ぐぷぐぷとくぐもった音を立てた。お腹の奥が、何度もきゅうきゅうと収縮を繰り返す。

「ぁはっ、んっ、きもち……あぁっ」

おかしくなりそうで頭を振ると、柴谷が手で頭を押さえてきた。その時にはもう、私は昇りつめて震えている。

それでも腰を休めず、身体を脈打たせる私に向かって柴谷は囁く。

「俺のこと、考えた？」

そう言われても、何も答えられない。

真っ白になりながら、続く刺激にまた快感が迫《せ》り上《あ》がる。

「……っ、ん、あ、ひぁ……っ」

「答えは、出たのかよ」

頭を押さえつけたまま、柴谷は私の唇を奪った。上も下も塞がれて、心も体も柴谷でいっぱいだ。

ここ数日、彼のことばかり考えていた。だけど考えれば考えるほど、向き合うことになったのは柴谷のことより『柴谷への私の気持ち』だった。

嫉妬して、怒って、ボロボロになるほど悲しんで。自分がこんなことになるなんて、考えてもみなかった。そして柴谷が同じように本気で怒っているところを見た時、私は疑い続けた自分の気持ちを確信した。

——好き。好き。ずっとこうしていたい。

素直な気持ちを認めた瞬間、私は息苦しさと快楽に涙を流しながら、思い切り彼に縋りつく。

柴谷の背は、汗ばんで熱い。全力で私を求め、腰を打ち付けている。

そのたびに、彼は私への気持ちを伝えているような気がした。

私と同じ気持ちを、何度も、何度も————。

「ゆう、や……」

キスの合間に呼びかけると、そっと唇が離れた。

その隙に、私は言ってやるんだ。あんたがどうしても言えない、その一言を。

「……すき」

消えそうな声で囁けば、柴谷の動きがぴたりと止まる。

途端、真っ赤な顔でグッと何かを堪えるように怖い顔になると、ぶるぶると震え出した。

なにそれ、面白い顔。面白いから、もう一回言ってあげる。

「好き。雄哉が、好き」

「……っ！　……っ、っっ!!!!」

明らかな動揺と、うぐ、と堪えるような呻き声が聞こえ、顔がさらに強張る。

瞳はみるみるうちに潤み、鼻の頭が赤くなる。そして、我慢していたであろう大量の涙が、だばだばと勢いよく溢れ出した。

「わ、ゆうや……」

「ちぁ、ちあき……！」

真っ赤な顔で涙を流しながら、私の名を呼び、ぎゅうと強く抱きしめられる。

「ちあき、ちあきっ」

彼は私の顔に涙の雨を降らせながら、湿った唇で再びキスを求めてきた。縋るような、追い詰めるような、必死な唇に応えながら抱きしめ返す。

「……雄哉、好き」

「……っ」

それから私は、柴谷の腕の中で唇が腫れるほどキスをして、何度も震えた。彼は泣きながら何時間も私を乱し、よがらせた。

結局、『好き』とは一言も言われなかった。

それでも疑った事が馬鹿らしくなるくらい、体中でうるさいくらいに伝えてくる。

すべての仕草が、その言葉に繋がっている。

最後、彼は奥へ奥へと押し付けるようにして精を吐き出した。

そして、繋がったまま抱き合って眠ったのだった。


「しかし、千秋が俺をそんなに好きだったなんてなー」

目が覚めると、柴谷はベッドの中で私を抱きしめながら最高に調子に乗っていた。

……起き抜けに腹が立つって早々ないぞ。

私は呆れ返りながら、喘ぎすぎてしわがれた声で「……好きじゃないです」と呟く。

すると柴谷は、満面の笑顔で「ははっ」と爽やかに笑った。

「まったまたぁ！　この、天《あま》の邪鬼《じゃく》さんめっ☆」

「………うっざ」

あんなに好きだと思ったのに、この瞬間、ウザイが勝つ。

それでも彼の顔をよく見れば、まだ少し目が赤らみ、鼻をスンスンさせているので笑ってしまう。

「柴谷さんこそ、私の事が大好きなくせに」

内心笑いながらいつも通りに返せば、柴谷は口を尖らせる。

「柴谷さんって言うな！」

「はいはい、ゆーやゆーや」

「くそう」

顔をしかめて悔しそうに呟いたあと、彼は腕の中の私を睨んだ。

「大好きとか、ないからな」

言い聞かすように、ゆっくりとバレバレな嘘を吐く。

「俺は好きなんて言ってない。むしろ、大っ嫌いなんだからな！」

「はいはい、同感同感」

「なんだと」

自分からケンカを売ったくせに驚く柴谷。まったく、なんなのよ。面倒くさいヤツ。仕方ないので、

「でも、キスは好きですよ」

なんてフォローを入れると、柴谷は不貞腐れながらも頷いた。

「俺も。俺も千秋のちゅーは好き。……だから、もう一生、俺以外とキスするなよ」

愛おしげに私の髪を撫で、それでも口調は不機嫌なままだ。

そのギャップが可笑しい。それで独占欲を誤魔化したつもりなの？

「しょうがないですね」

「くそ……俺だってしょうがないんだからな！」

「へえ、左様で」

「千秋が気持ちいいのが悪い。世界で一番気持ちいいのが悪い！」

まるで世界中の女と寝たことがあるみたいな言い回しで可笑しい。

腕の中で身を捩ってクスクスと笑っていると、ふいに柴谷はまじまじと私を見つめてきた。

「……かわい」

「はい？」

「もっと笑えよ」

びっくりして笑いをやめれば、柴谷は照れながら言う。

「笑って、千秋」

じっと見つめられて戸惑いつつも、促されるまま微笑んでみせる。と、柴谷も笑う。目を細めて幸せそうに笑いながら、そっと口付けてきた。

柔らかくて甘ったるくて、くすぐったい。

柴谷の本心が言葉の代わりに溢れてくるような、甘い甘いキス。

馬鹿ね。そんなキスしたら、いくら言葉で誤魔化したって、気持ちなんてバレバレなんだから。

嫉妬して泣いて、追い縋って抱いて、甘ったるいキスをして。

それで『好きじゃない』なんて真っ赤になって言ったって、意味ないんだからね。

さらに私が笑うと、また唇が降ってくる。

笑うだけでキスしてくれるなら、いくらだって笑ってあげる。


「なぁ、山際にはなんて返事するの？」

「普通にごめんなさいって言いますけど」

私の答えに、彼は「ふーん、そっか」と何か考えながら唸る。

「もし次に、付き合ってるのかって訊かれたら、さ」

「はい」

「まだ付き合ってないけど毎晩してるって教えてやれば」

「…………馬鹿ですか」

呆れて呟けば、彼は名案だとばかり、にしししと嬉しそうに笑った。

10. 種蒔き系男子の一途なキスは甘い

翌日の業務は、腰が痛くて少し辛かった。

バレないように小さな温感湿布を何枚か貼ったのだが、やはり重怠い。

まったく、柴谷め。調子に乗りやがって。

けれど、気遣えないほど必死だったことを嬉しくも思う。心のこもった行為は身体が溶けてしまいそうに気持ちよくて、すぐにまた溺れたいと思わせる中毒性がある。

うっかりするとボーッと柴谷のことを考えてしまうので、できるだけ仕事に集中するよう意識した。またしたいなら、早く帰れるように頑張った方が建設的だ。

そうやってがむしゃらに仕事し、気付けば夕方。

定時前の一踏ん張りを越えれば、今日の残業は少なくて済むだろう。

私は気合いを入れ直すため、会社の自販機へ甘めのコーヒーを買いに向かった。

脳に糖分を行き渡らせたい。エレベーター近くの一角に並ぶ自販機でカフェオレを購入し、ガラス張りの大きな窓から夕闇に包まれる街を見下ろす。

最近、日暮れが早い。暗くなってきた街にポツポツと明かりが灯り、寒そうに身を縮こまらせて足早に歩く人々を眺める。

秋なんて一瞬、冬はもうすぐだ。

「馬鹿は風邪引かないって言うけど、念のためマフラーでもくれてやろうかな」

真夜中でも元気に接待で飛び回る柴谷を思い出し、柄にもないことを考えている、と。

「昨日、仲直りできたんですね」

背後から声を掛けられ振り返る。そこには、にこやかに微笑む山際がいた。彼も私に合わせて朝から全力で働いていてくれていて、ようやくひと息吐いたのだ。

昨夜のことも含めて申し訳なく思いながら、彼にコーヒーをおごる。

「色々とごめんなさい」

「いえ。朝までコースじゃなくてよかったです。……まぁ、僕はあなたと一晩過ごせなくて、少し残念でしたけど」

思わせぶりに言って、柄にもなくウィンクなんてしてくる。

なんだかちょっと吹っ切れた？　それとも揶揄ってるのかな。

眉をひそめると、彼はくすりと笑う。

「……で、どうなんです？」

「なにが？」

「仲直り」

「な、何の話かしら？」

横に並んでカフェオレを飲みながらとぼけると、彼は悪戯っぽく目を細めた。

「告白の答えを追求しない代わりに、教えてくれたっていいんですよ?」

そう言って涼しげな顔で缶コーヒーに口をつける。

「追求、しないわけ?」

「チャンスはなくなったんだって、もうわかりきってますから。そういう顔、してますよ」

「っ!?」

そういう顔ってなに!?

パッと片手で顔を隠すと、山際はフッと噴き出す。

「可愛い人だな、ほんとに」

笑いながら呟いた言葉は、少し切なげで胸が痛んだ。

ごめんなさい。ごめんね。

山際くんはどちらかというと好みだし、好感が持てた。だけど私、まったく好感が持てない柴谷のことばかり考えてしまうんだ。

自分でもどうしてかわからない。身体の相性だけかもしれないけど。

それでも、一生懸命私のことを好きな柴谷が……――。

ついつい思考があいつのことになってしまい、やおら顔が熱くなる。

慌てて頭を振ると、山際にまたクスリと笑われてしまった。

「いつまでも笑ってないで、仕事に戻るわよ」

私は空になった缶をゴミ箱へ勢いよく投下すると、先に歩き出す。背後で山際もあとに続くのがわかった。

デスクに戻ったらメールチェックしなきゃ。

などと仕事のことを考えながら歩いていると、前方からちょうど柴谷が歩いてきた。

「あ、ちあ……布施！　お疲れ」

彼は満面の笑顔で片手をあげ、山際の前だというのに明るく声を掛けてくる。

ちょっと、会社では犬猿の仲だったはずでしょ。なに好意丸出しの顔してんの。デレデレすんなっ！　と言いたいのをぐっと堪えてお辞儀する。

「お、お、お疲れ様です、し、柴谷さん」

「なにドモってんの」

私の挨拶に柴谷が目を丸くしてきょとんとする。

そして山際よ。背後でくすくす笑ってるの、聞こえているんだからね。

「あ、そうだ布施」

「はい」

ふいに柴谷はポンと手を打つ。

「丁度いいや、百円貸して」

「は？」

「いや、千円札しか持ってなくてさ。さっき自販機入れたんだけど、何度やっても戻ってくるから諦めたんだよね」

柴谷は千円札をピラピラしながら、おっかしーなー、と首をひねる。

「はぁ……その自販機、オスなんじゃないですか」

メスだったら喜んで受け入れるだろう。

ため息を吐きながら財布から硬貨を取り出すと、柴谷が大きく笑った。

「わぉ。オスに何度も出し入れしちゃった」

「……下品な冗談やめてくれます」

「お前が振ったんだろ？」

笑いながら硬貨を受け取ると、彼は私の手のひらの上をツツッと指先でなぞる。

山際に気付かれないくらいの秘密の接触に、ゾクリと背筋が震えた。

「面白いから、今度メーカーにメスの自販機お願いしますって言ってみよっと」

「やめなさい」

アホなことを言う柴谷を叱りつけると、彼は悪戯小僧のように笑って、じゃあね、と背を向けた。

山際にも気さくに手を振り、山際は笑顔で「お疲れ様です」とお辞儀を返す。

「え、あなたたち……なんなの」

急に和やかなやりとりをするふたりに、なんだか釈然としない。

この前まで仲悪くなかった？　私の知らないところで和解したの？

去って行った柴谷の背を見送りながら呟くと、それが聞こえたのか山際が口を開く。

「僕らじゃなくて、布施さんですよ」

「どういうこと？」

「今の顔を鏡で見せてあげたい」

「どういうこと!?」

確かに、なんだか頬の辺りがぐにゃぐにゃしているし、ちょっと熱い。

憮然としながら両手で頬を捏くり回せば、山際が再び破顔する。

「付き合ってるんでしょう？」

「つっ……付き合ってない！」

——けど、毎晩してるって教えてやれば。

柴谷の馬鹿発言が蘇《よみがえ》り、私の頬はますます熱を帯びる。

「ずるいなぁ」

「なにがよ」

「あなたみたいな人を独り占めして、そんな顔させて」

「やめてよね……」

心底イヤそうに言ってやれば、山際は少し寂しげに微笑む。

「僕だったら離さないし、中途半端になんかしないって、そう言ってやってくださいね」

なにそれ。自惚れっぽくて、自分で言うのはハードル高くない？

それでも罪悪感から、「一応、伝えとく……」と頷けば、彼は満足そうな顔をして、

「よろしくお願いします」

と頭を下げたのだった。

◇

山際の言葉を伝えると、柴谷はニヤニヤしながら、

「それって本当に山際が言ったの？　お前の願望なんじゃない？」

とほざいてきた。自惚れも甚だしい。

「そう思いたいなら思っててもいいですよ。勘違いですけど」

「勘違いして欲しいならしてやるけど」

「いえ、結構です」

「ちぇっ」

拗ねたフリをして口を尖らせ、ベッドで私を組み敷く。

間接照明の淡い光に照らされた柴谷が、色っぽい仕草でワイシャツのボタンを外す。薄く筋肉のついた胸板が露わになり、つい視線が釘付けになる。

「結構、中途半端は好きだよ」

「服の話ですか？」

私の服は、帰ってすぐ柴谷に乱されている。ブラウスの前は開《はだ》け、黒いブラから片胸がはみ出し、スカートは脱がされて下着だけ。中途半端だ。

「ちゃんとしたい？」

「うーん……」

半端に脱がされた身体を見ると、なんだか恥ずかしいような興奮するような。いわゆる着エロ？

「このままでも、いいかも……」

「そこは、ちゃんとしたいって言えよ」

クスリと笑って、私の首筋にキスをする。

鼻先でブラウスの襟をよけながら、探るように唇が這う。くすぐったさに身悶える身体をつかまえられ、柴谷は肌の上に無数の花びらを散らす。

「あっ、ふ……っ」

ちくりとする痛みにさえ喘ぎ声が漏れる。唇は胸元を通り過ぎ、下腹部へ向かった。へその下に口付けされた時、思わず期待に腰が揺れる。

その様子に柴谷は薄く笑って、下着を脱がすとゆっくりとした動作で閉じていた膝を割った。

「俺だって、離さないし」

呟きながら蜜口に唇を近付ける。ぴちゃりと水音がして、ぬるぬるとした舌の感触が敏感な箇所を撫でた。

時折、口付けするような仕草で花芽にちゅっと吸い付く。気持ちよくさせるというより、キスをしてマーキングしているみたいだ。

私はそっと手を伸ばし、太ももの間で揺れるサラリとした髪を撫でた。

いいこいいこと撫でていると、次第に柴谷の舌が激しく動き出す。快感に背が反り返ると、両脚には自然と力が入った。気持ちよくて溢れ出た愛液を、柴谷が音を立てて啜る。

その瞬間、私は彼の唇に押し付けるような格好で昇りつめてしまった。

「……気持ちいい？」

濡れた唇を離し、シャツの裾で拭いながら訊いてくる。

まだびくびくと震える秘所を曝《さら》け出したまま、私はこくこくと頷くことしかできない。

「素直になったよな、千秋」

嬉しそうな囁きに、心が勝手に跳ねる。

「可愛いよ」

甘ったるい言葉を吐かれると、また蜜が溢れてしまう。

そういう柴谷だって、ずいぶん素直になった。

「私も、雄哉の可愛いとこ見たい」

とろんとしながら呟いて身を起こす。

目を細めてこちらを眺めていた柴谷は、どうやって？　というように首を傾げて見つめてきた。

私は彼の手をとって隣へ誘うと、トン、と胸を押してベッドへ倒し、上から伸し掛かる。身体を跨ぐと、柴谷は興奮したようにため息をこぼした。

「キス、していい？」

「いちいち訊くなよ……」

顔を近付ければ、恥ずかしそうに頬を赤らめる。その反応に、思わず口元が綻んだ。

「いっぱいしてあげる」

ちゅっと軽めのキスをして囁き、そのまま何度も口付けの雨を降らせた。

普通に応じていた柴谷は、次第に笑いながら照れてくる。私から熱烈にキスしたことがないからだろう。可愛い反応に乗せられて、私は彼の下腹部へと手を伸ばす。

「……してくれんの？」

茶化すような声は期待に満ちていた。

欲情した瞳を覗き込み微笑んでみせると、柴谷の服を脱がせ、大きく張りつめたモノに避妊具を被せる。

装着するために軽く握っただけで、彼は眉をひそめて小さく呻いた。熱い塊が硬さを増し、ドクンと脈打つ。

快楽を堪える様子が愛おしい。手を添えてそっと腰を沈めれば、ナカへするりと飲み込まれていく。

「っ……んん……かたい、おっきい」

「だから、言うなって」

苦しそうに顔を歪めて嫌そうに言う。実況されるのが苦手なようで、真っ赤になった顔を片手で隠した。知らなかった。意外な弱点だ。

「ほら、挿れただけでビクビクしてる、可愛い」

「うるせ……っ」

「ねっ、きもち、い？」

ゆっくりと腰を動かすと、柴谷は首を反らした。強調された喉仏がわずかに震え、口元からは熱い吐息が漏れる。腰を動かすたび、堪えるような吐息は艶っぽさを増す。

そのうちに私も堪らなくなってきた。ぞくぞくと何かが背筋を奔り、肌を粟立たせる。今日はあまり触れられていない胸の先端が、痛いほどツンと尖ってくる。

「あぁ……ちあき、お前……軽くイッてるだろ……」

「ん……っ、だって、……っぁ」

柴谷を喘がせるよりも快楽を追いはじめた私を見て、彼はグッと私の腰をつかまえた。

一気に揺さぶられ、たまらず前に倒れ込む。

すると柴谷の胸板に抱きとめられて拘束され、途端、動きはさらに激しくなった。下から容赦なく突き上げられ続ければ、限界はすぐにやってくる。

「やっ、あ、だめ、もう……！」

「俺も……っ」

びくんと痙攣すると、柴谷も動きを止め、私の後頭部に大きな手を添えてぎゅっときつく抱きしめながら震える。

柴谷で埋まった奥の奥に、避妊具越しにもどくどくと熱いものが注ぎ込まれる感覚があった。

「あ、あっ……すごい、出てる……」

胸の上に体を預け、脈動に合わせ声をあげていると、「……感じる？」と柴谷が色気のある掠れ声で囁く。

「かわいいな」

恍惚《こうこつ》としながら頷けば、彼は柔らかい仕草で私の頭を撫でた。

自然と口をついた言葉に、思わず頬が緩む。

「雄哉の方が可愛いよ」

「いや、お前の方が可愛いし」

優しく髪を撫でながら、不貞腐れたように言う。

少しだけ素直になることを覚えた私たちのヘンテコな意地の張り合いに、くすぐったくて彼の胸に隠れて笑った。


「——なあ、いつかさ」

寝支度を整えてベッドの中で微睡《まどろ》んでいると、ふいに柴谷が呟いた。

「うん？」

彼の腕枕でうとうとしていた私は、眠たい声で相づちを打つ。

するとしばし間を置いて、決意したように彼は言った。

「中出ししたい」

「…………は？」

一瞬で目が覚めた。なに言ってんだこいつ。

しかし驚いて身を起こし柴谷を見れば、何やらもじもじしている。

「その……もし、万が一があっても、責任を取れる立場でしたい」

その言葉で思い浮かぶのは、たったひとつしかないんですけど。

え、まさか、それって………。

私が驚愕《きょうがく》しながら見つめると、柴谷はさらにもじもじしながら顔を背ける。

頭の中で、教会の鐘が鳴り響いた。

うだうだ御託を並べているけど、つまり言いたいことはアレでしょう？　子供ができても社会的に大丈夫で、みんなに認められて、永遠を誓い合ったり家族になったりする、アレでしょう？　アレがしたいってことでしょう？

……おいおい、種蒔きの次はついに発芽させる気になったのかよ。あんたの性欲じゃお花畑になっちゃうよ。

なんて心の中で悪態を吐きながらも、自分の頬がみるみる熱くなっていくのは、もはや抑えることができない。

私が黙っていると、柴谷は不安そうにそろりとこちらを覗き見た。そして赤面する私に気付き、カーッとユデタコみたいになる。

「あ、あ、あかくなるなよ！」

「そっちこそ！」

相手が照れると自分もますます照れてしまう。

しばらく赤面したまま黙って見つめ合った後、私は小さな声で尋ねた。

「…………ほんきですか」

「本気だけど……」

照れながらも、怒られた子犬のように項垂れて返す柴谷。

「もう、取り消せないんだからね？」

「一生取り消すかよ。絶対幸せにしてやるから覚悟しろ」

ふん、と謎の自信で息巻いた。

でもね、柴谷。覚悟するのはあんたの方だよ。

私だって、絶対幸せにしてやるから。

「じゃあ次は、より幸せにした方の勝ちですね」

私が悪戯っぽく笑って言えば、柴谷は「おう！」と勢いよく頷き、とびきり嬉しそうな笑顔で微笑む。


しょうがない。しょうがないから、この遊びに一生付き合ってあげる。

私たちは見つめ合い、瞳を閉じた。

今からこの『難攻不落の伴侶』を幸せにするために、甘い甘いキスをするのだ。


——うちの会社には、種まき系男子がいる。

今は私だけに、愛の種を蒔いている。

書き下ろし番外編

いつか
幸せの花束に

Side story
Itsuka shiawase no Hanataba ni

「紹介します。俺の彼女！」

居酒屋に入って個室の座敷へ通されるなり、柴谷《しばたに》が「じゃじゃーん！」と言いながら両手をひらひらさせて私を仰いだ。

座敷の中で先に待っていた佐藤《さとう》先輩と山際《やまぎわ》が、いっせいに私を見る。

「……違います」

のっけから頭痛がした。

頭を抱えながら否定すると、柴谷がむくれる。

「彼女だろ。俺たち付き合ってるよな？」

「……くっ」

不本意ながら、私たちは付き合っていると言えなくもない。

けれど得意げな柴谷の顔を見ていると、素直に頷《うなず》くのはなんだか癪《しゃく》でつい顔を背けてしまう。

そんな私たちを、佐藤先輩が苦笑しながら手招きした。

「まあまあ、とりあえず座って。今日はそういう話はナシだ」

「えっ、そういう話をするために呼んだんですけど!?」

先輩の取りなしに、柴谷が喚《わめ》く。

それを先輩の隣に座って見ていた山際が、熱々のお手拭きで手を拭きつつ「うるさいですよ、柴谷さん」と諫《いさ》めた。

「なんか不機嫌な奴いるんだけど」

「今日は布施《ふせ》さんのために来たので、あなたにはあんまり構いませんから」

「ちょっとは構ってくれるんだ？」

「……うるさい」

相変わらず、柴谷のことを好きなのか嫌いなのかよくわからない山際だ。

私はそれを温《ぬる》い目で見つめながら、佐藤先輩の向かいの席に座った。すると、すかさず柴谷が私の隣に腰を下ろす。

畳に座布団の居酒屋は懐かしい感じだ。立派な木の座卓を囲んで、メニューを見ながらあれこれ注文する。

とりあえずビール。それと、おつまみを何品か。あ、天ぷらの盛り合わせも美味《おい》しそう。

「……で。なんなんですか、この集まり？」

運ばれてきたお酒を何杯か酌《く》み交わし、料理も腹に入れて少し落ち着いたところで、私はそう尋ねた。

今日は柴谷に誘われるまま、ここへやってきた。相変わらず彼の選ぶ店は間違いがなく、入った瞬間に小綺麗《こぎれい》で美味しいお店だとわかる。入り口には日本酒の瓶なんかも飾ってあって、その種類も豊富だ。

それはいいのだが、他のメンツが佐藤先輩と山際とは、同じ部署とはいえ意外な組み合わせである。

私の疑問に、柴谷は自慢げに胸を張った。

「俺と布施の、お付き合い成功を祝う会！　布施は会社では絶対内緒って言うけど、誰かに言いたくてさ。でも勝手に言いふらしたら怒られそうだし、事情を知ってる人ならいいかなと思って」

「それでこのメンツ……」

納得と呆れを混ぜてそう呟《つぶや》くと、私の斜め前で山際が盛大なため息を吐いた。

「はぁ……ほんと、いい迷惑ですよ。ただ惚気《のろけ》たいだけのくせに」

「なんだと？　本当は呼ばれて嬉《うれ》しいくせに！」

「嬉しくないですって。ちょっ、やめてください」

「うりうり」

テーブルの下で足を伸ばして、山際の足を突つく柴谷。

「なんか、いつの間にか仲良いなぁ」

「そうなんですよね。不思議と」

先輩とふたり、子供じみたやりとりの柴谷と山際を呆れながら見つめる。

ふたりは以前のような嫌悪しあう雰囲気はないが、気が合っている様子でもなく、しかし妙に仲が良くなっていた。

「しかし意外だったな。お前ら絶対くっつかないと思ってた」

「……私も思ってました」

先輩の言葉に頷く。

まさか自分が柴谷と付き合うことになるとは。未《いま》だに信じられない。

「ほんと、なぜなんでしょうね……」

「おいこら、遠い目をするな」

先輩が苦笑いしながら、空になった私のグラスを見てビール瓶を手に取る。

「あんまりストレス溜《た》めないようにな。何かあったら言えよ」

「頼りにしてます、佐藤先輩」

軽く頭を下げつつ、私はグラスを差し出して注《つ》いでもらった。

「まあ、愛嬌のある奴だから。うちの柴谷を末長くよろしくお願いしますよ」

「ふふ。こちらこそ、引き続きご迷惑おかけしますが」

先輩には、付き合う前から柴谷がずいぶん迷惑をかけていたらしい。それなのに、面倒見の良い人だ。

私からも先輩にお酌して、カチンとグラスを合わせる。

「あっ、ずるい！　先輩、布施となんの話してるんすか！」

乾杯、と言って飲もうとすると、柴谷が割り込んできた。背後から遠慮なく抱きついてきて腕の中に囲われ、内心慌ててしまう。

「あんたの話よ、あんたの！」

「えっ、俺の!?」

見上げると、顔を輝かせている。

いや、喜ぶな。どちらかというと悪口だから。

「ていうか離れなさいよ」

「いでぇっ」

腹に肘鉄を食らわせ、怯《ひる》んだ隙に腕の中を抜け出す。

柴谷はわざとらしく腹をさすりながら、自分の座布団へすごすごと戻っていった。

「布施は人前だとツンが強いんだよなぁ」

「柴谷さんが弁《わきま》えてくださらないからです」

「ほらほら、そういうとこ。まあ、そこも可愛《かわい》いんだけどさ。ギャップ萌え？　みたいな？」

「……っ」

しれっと人前で可愛いなどと言われ、慣れない反撃に思わず体が強張《こわば》る。

「あ、照れた」

「て、照れてません」

「じゃ、怒った？」

「怒って……も、ないですけど」

もごもごと言い返す私に、再び追い詰めるように顔を寄せてくる柴谷。

なんだろう、この気恥ずかしくて居《い》た堪《たま》れない気持ちは！

俯くと、「かわいい〜〜〜〜！」とますます柴谷がはしゃぐ。うるさい、ムカつく。

「……酔ってます？」

「ちょっとね」

ジト目で睨めば、機嫌よくにこにこしている。

くそう、なんなんだ。

顔が熱くなってきて、私は思いきり顔を背けた。と、

「……俺たちは何を見せられているんだ？」

「僕、もう帰りたいんですけど」

向かいのテーブルで、佐藤先輩と山際が囁き合う声にハッと我に返る。すっかり置いてけぼりにされていたふたりは、揃ってつまらなそうにイカの一夜干しを齧《かじ》っていた。

「す、すみません……！」

「うわー、山際、涙目じゃん。ごめんな？」

「そう思うなら離れろ！　布施さんから離れろ！　僕と代われ！」

「嫌です～ぅ」

柴谷が子供っぽく煽《あお》るので、山際がヒートアップして「僕も布施さんをぎゅってしたいのに！」などと世迷言《よまいごと》を吐いている。

さては山際、あんたもけっこう酔ってるな？

いつもと様子の違う砕けすぎた山際に驚きつつ、聞かない方が彼のためかと判断して耳を塞ぐ。

彼らは放っておいて、私は先輩とまったりお酒を飲むことにした。

「布施、これ美味しいよ」

「わぁ、ホッケですね。いただきます」

「日本酒が合うんだわ～」

先輩はそう言いながら、いつの間にか熱燗を飲んでいる。

私は楽しそうな彼を眺めつつ、ホッケに箸を入れた。湯気を立てて、柔らかな白身がほっくりとほぐれる。口に入れると旨味《うまみ》が広がり、それを味わいながら先輩の渡してくれた日本酒を口にしてみた。美味しい。幸せ。

「ここ地酒も置いてるらしい」

「あまり詳しくないんですけど、オススメあります？」

「そうだなぁ……んじゃ、何種類か頼んで飲み比べてみるか」

「いいですね！」

私たちは喧嘩するふたりを尻目に、日本酒を次々と注文した。

――しばらくして。

気が付けば、四人ともすっかり出来上がっていた。

柴谷は酔っ払って私にくっつき、肩に寄りかかって甘えている。

山際は部屋の隅で丸くなり、「布施さん、嫌気がさしたらいつでも言ってください……僕が……僕が……」と涙目でうわ言のように呟《つぶや》いていた。

それに反応した柴谷が、「嫌気なんてさしません～！　千秋《ちあき》は俺のこと大好きだもんね？」なんて挑発する。

まったく、もう喧嘩《けんか》はおしまいにして欲しいんだけど。

「はいはい、大好き大好き。いいから黙ってくださいね」

「……っ！」

挑発を窘《たしな》める意味で適当にあしらったのに、その瞬間、柴谷はガバッと顔をあげた。

「ちょ、ちょっと。なんですか、急に……」

その頬《ほお》が、お酒以外の理由で赤くなっている。

「悪い、不意打ちだったからビックリして。本気で照れちった……」

柴谷はそう言うと、うへへ、と笑う。ふんにゃりした心底嬉しそうな笑顔に、こっちまで赤面してしまいそうになる。

「わ、笑うな！」

「いてっ！　理不尽！」

慌ててベチンと肩を小突くと、柴谷が口を尖《とが》らせる。

私が熱くなる顔を水を飲んで冷ましていると、佐藤先輩がパンと手を叩《たた》いた。

「はい、そろそろお開きにしよっか」

どうやらここが限界だと思ったようだ。

「山際は俺が送ってくから、ふたりとも気をつけて帰れよ」

お会計はお祝いということで先輩が奢《おご》ってくれた。迷惑をかけたのでこちらが奢りたいくらいなのだが、固辞されてしまう。まったく、良い先輩すぎる……。

彼はぐでんとした山際に肩を貸して店を出る。

「ご馳走様《ちそうさま》でした。今日はありがとうございました」

「いいよいいよ。じゃ、仲良くな」

「はい！」

思わず自然に『はい』と答えてしまった自分に驚く。

あっと口を噤《つぐ》むと、先輩は笑いながら手を振って呼んでいたタクシーに乗り帰って行った。

……私もだいぶ酔ってるな。素直すぎる。

でも、たまにはいいのかな？

チラリと横の柴谷を見上げる。彼も相当酔っている様子だ。

「ほら、柴谷さん。……雄哉《ゆうや》、帰るよ」

「ん」

手を差し出すと、へらへらしながら握ってくる。手を繋《つな》いだまま、私たちもタクシーへ乗り込んだ。

運転手に私の住所を告げて、座席にだらりと寄りかかる。

車内は暖かく、走り出すと心地よい振動でたちまち眠くなった。

「千秋、楽しかった？」

ぼんやりしていると、柴谷がこちらへ身を寄せながら囁《ささや》いてくる。ふいに握ったままの手に力がこもり、ドキリと心臓が高鳴った。

「まぁ……彼女お披露目会《ひろめ》なんて驚きましたけど。柴谷さんて、こういうことするんだなって」

ドキドキを誤魔化《ごまか》すようにそっけなく答えると、彼はニヤリと笑う。

「根回しって大事だろ？」

「……根回し？」

「いきなり『結婚します！』って言ったら、みんな驚くじゃん。だから、こうして小出しにして味方作っとかないとね」

俺って策士でしょ？　なんて言いたげに唇の端を吊《つ》り上《あ》げる柴谷を、私は呆気《あっけ》にとられながら見つめる。

「アレって……ほ、本気だったんですね」

まさか、結婚するための手順を踏んでいるとは思わなかった。

「心外だな。俺はいつだって本気だけど」

柴谷はそう返すと、私の瞳をじっと覗《のぞ》き込《こ》みながら顔を近付けてくる。

「千秋」

「！」

ちゅっ、とリップ音が鳴って、キスされたのだと気付いた。ビクリと肩が揺れると、柴谷が至近距離でふっと笑う。

「油断してるの可愛い」

「ん……！」

片手で頭を押さえられ、もう一度軽くキスされる。

運転手がいるのはわかっているのに、頭がふわふわしていてつい受け入れてしまう。

「酔ってて可愛い。だいぶ飲んだな」

「ふ……」

唇をくっつけたままそう囁いて、先ほどより深めに口付けられた。

お酒の味がする。吐息が熱い。角度を変えながら濡《ぬ》れた唇を押し当てられ、体が勝手に反応する。

「はやく奥さんにしたいなあ……」

キスの合間にこぼれた呟きは、口内で甘ったるく溶けていく。

マンションに到着するまで、柴谷の戯れるようなキスは続いた。


部屋へ帰ってくると、上着を脱いでベッドへ倒れ込む。

柴谷は私に覆《おお》い被《かぶ》さり、髪を撫《な》でて生え際から頬や耳にも丁寧に口付けしていく。焦らされるような愛撫とキスに、もうずいぶん敏感になっている。耳朶《じだ》をぺろりとひと舐《な》めされると思わず声が漏れた。

「……していい？」

はぁ、と吐息をこぼしながら、柴谷が問う。

今さらだ。私は笑いながら答えた。

「ダメって言っても、意味ないでしょう？」

「それはそれで、燃えるじゃん」

「結果は同じじゃないですか」

柴谷のブレなさにまた笑う。

「じゃ、遠慮なくする」

彼はそう言って、キスをしながら私の服を脱がしはじめた。ブラウスのボタンを外し、スカートを下げてあっという間に下着姿にさせられる。

その間も、戯れのようなキスが続いた。酔っているせいか、今日は『甘えたい日』なのかも。よしよしと彼の頭を撫で、私からも額や鼻先にキスしてやる。

そうしていると、柴谷がンンっと唸《うな》って私の首元に顔を埋めてきた。

「やっぱ、俺ちょっと変？　独占欲湧いちゃうよな、他の男と飲んで、酔ってる姿とか見ると。……特に山際はさ」

どうやら、飲んでいる間にいらぬ嫉妬心を抱いていたらしい。だからこんなに甘えん坊なのか。

「雄哉が企画した飲み会なのに」

「まあ、そうなんだけど」

おどけたように笑って、彼の指が背中に回りブラのホックを外す。そのまま下に手が伸びたので、腰を浮かせるとスルリと簡単に下着を脱がされた。

「秘密の恋ってよくないよ。なかったことにできるからさ」

「……だから、あのふたりに報告したんですか？」

「そう。秘密にはしてやらない」

先ほど言っていた結婚の前準備という以上に、私とのことを『なかったことにするつもりはない』ということだろうか。

柴谷は顔をあげ、意味ありげにニヤリと笑う。

「千秋、逃がさねぇから」

口元は美しく弧を描いているが、その瞳はまったく笑っていない。

枷《かせ》は柴谷だけでなく、私にも掛けられたのだ――。

初めて見せる彼の執着に、ぞくりと肌が粟立つ。

けれど私はひとつ息を呑《の》み、ぐっと身を乗り出した。

「……逃げませんから」

挑むように、その妖艶な瞳を真正面から睨《にら》みあげる。

すると柴谷は嬉しそうに目を細め、「さすが、俺の千秋」と満足げに頷いた。

それから柴谷は、薄暗いベッドの上で服を脱ぎ捨て、私の上に改めて覆い被さる。

肌を優しく撫でながらあちこちに口付けし、最後に唇にキスをした。さっきまでの戯れとは違う、本気のキスだ。

口内に深くまで差し入れた互いの舌を絡め合う。舌の根元や側面をざらりとした柴谷の舌が撫でると、ゾクゾクと快感が奔った。喉奥や口蓋を舐められながら胸を弄《いじ》られると、腰が浮く。

キスがこんなに気持ちいいだなんて、柴谷とするまでは知らなかった。

「……んっ、う」

あっという間に濡れてしまった秘所を、彼の指が探る。ぐぷりと水音がして、長い指が数本、膣《ちつ》内《ない》へ侵入してきた。

「ちゃんとほぐしてやるから、もっと脚開いて」

「ふ……ぁ……！」

ぐいと体で脚を押し退《の》け、根元まで差し込まれた指がナカを掻き混ぜる。優しく内壁を擦りあげながら、さらに胸を吸われた。

「んっ、あぁっ」

きゅう、とナカがうねって、背が思いきりしなる。体に力が入ったまま小さく震えるが、イけそうでイけない。

「あ、ぁ……っ、ゆうや……もう……」

胸を舐める柴谷の頭を抱いて、早く欲しいとねだる。

その気持ちは同じなようで、柴谷はすぐに応じた。

「そのまま、いい子で待ってろよ」

余裕なく息を吐いて私から離れ、避妊具を着けて戻ってくる。覆い被さって顔を合わせると、情欲に翳《かげ》る瞳がじっと私を見つめてきた。

「千秋……」

そっと囁くように名前を呼ばれ、ドキリと胸が高鳴る。

膨らんだ雄の先端を私のナカにゆっくりと沈み込ませながら、柴谷はもう一度私を呼んだ。

「千秋……千秋、好きだよ」

切なげに掠《かす》れた声でそう繰り返しながら、じわじわと貫いていく。内壁を擦られ、快感に体が反り返った。曝《さら》け出された喉元を、震える吐息がくすぐる。

演技ではなく本気なのだと、本能で感じとる。

いつもと少しだけ違う柴谷に、私も釣られて素直になってしまう。

「ゆうや……ぁ、私も……っ、私も、すき……！」

そう叫んだ瞬間、グッと奥まで押し込まれ、ビクリと体が跳ねた。最奥を穿《うが》たれ、気持ちよさに眩暈《めまい》がする。

「すき……」

両腕を柴谷の首に回してぎゅっとしがみつく。

柴谷は応えるように私を抱きしめ返すと、「千秋、愛してる」と熱っぽく囁いて、荒々しく腰を動かしはじめた。

「あっ、だめ、あぁっ……！」

「千秋……愛してるよ」

「あ、やっ、激し……の、だめ、イっちゃう、からっ」

硬くて熱い塊が出入りするたび、目の奥でチカチカと星が飛ぶ。柴谷の言葉と律動に、身も心も溶かされて昇りつめていく。

「一緒に、イこ」

「あ、あぁ、あぁぁ……っ！」

ぎゅっと体が引き絞られるような感覚のあと、全身が激しく痙攣《けいれん》した。それと同時に、柴谷も小さく呻《うめ》いて震える。

「……っく……ぅ、ちあき……！」

「ゆうや……」

私は柴谷を抱きしめ、彼の耳元に唇を寄せる。

「雄哉、私も、愛してる」

そう囁くと、柴谷は肩で息をしながら、

「……っ、俺のが、愛してるもんね……」

と弱々しく張り合うのだった。

◆　◆　◆

愛してる。なんて素敵な言葉だろうか。

千秋が俺のことを愛しているなら、ずっと一緒にいたいはずだ。俺は一緒にいたい。

だから、千秋の部屋へ行くたびに少しずつ私物を持ち込み、部屋に泊まる回数を微妙に増やしている――と、わりとすぐにバレた。

「うちに入り浸るつもりですか？」

ソファの上でクッションを抱える俺に、千秋が呆《あき》れたように問う。さすがに、この大きめなモチモチクッションは不自然だったか……。

「だって、帰りたくないんだもん。一緒に住まない？」

「はっ？」

驚く千秋に、俺はここぞとばかりにプレゼンをはじめた。

「毎日俺がいる生活、いいと思うなぁ。時間がある時は飯も作るし、掃除だって一緒にするし、洗濯もできる。それにさ、帰ってきたら毎日俺がいるの、いいと思わない？」

想像して欲しい。俺のいる生活を。

クッションに顔を埋めて千秋をじっと見つめると、「……すごい自信ですね」と笑われる。

でも、嫌そうではない。よし、ならば畳み掛けるぞ！

「毎日お風呂で背中洗ってあげるし、寝る前にちゅーもしてあげる。マッサージも」

「そしてセックスになだれ込むんですね？」

「うっ」

下心がないわけじゃない。俺は「まぁ、そうなる時もある……」と冷静に返して続ける。ヤリたいだけじゃないのだ。

「癒やし効果抜群の俺が毎日居て、家事もやってセックスもするんだよ？　最高じゃない？」

これ以上の最高があるものか。

俺の必死のプレゼンに、しかしまったく心を動かされないらしい千秋は、俺の隣にポスンと静かに腰を下ろす。

「相変わらず自己肯定感バカ高いですね。……で、つまり？」

「つ、つまり？」

じっと千秋の顔を見ると、なんだか目が笑っている。ニヤニヤしている。

これはあれか。俺に、言わせたいのか。

「つまり……えーと」

真正面から言うのは、なんだか照れくさい。見つめ合っていた瞳を逸らして、俺は意を決してその言葉を口にする。

「一緒に暮らしたい、です」

どうだ、これで満足か！

顔は逸らしたままチラリと目を動かして様子を窺《うかが》う。すると、千秋は楽しそうにくすくすと笑っていた。

「ふふ。そんなに言うなら、いいですよ。仕方ないから、一緒に住んであげます」

……くそぉ。上から目線で生意気な。

言わされて悔しい。悔しいけど可愛い。嬉しそうににこにこするなよ、可愛すぎる！

俺がこっそりと千秋の赤らんだ頬や緩んだ唇を見ていると、ふいに彼女は少しだけ気まずそうにこう言った。

「でも、いいんですか？　私はそこまで雄哉に尽くせる気がしないし、癒やし効果も別に備わってないですけど」

小首を傾《かし》げて困った顔をする千秋も可愛い。

ていうか、癒やし効果、ないわけがない。あるわ。ありまくりだ。癒やしすぎて世界平和だろ。

「千秋は居るだけで、俺が幸せになるからいーの！」

心の中の勢いのまま思わずそう口にする。

「幸せにした方が勝ちなんでしょう？　雄哉は負けちゃいますけど」

と、彼女はいつぞやの勝負を持ち出してきた。愚問だ。

「負けないよ。だって、俺が幸せだと千秋も幸せだろ？　そしたら引き分けじゃん？」

こんな当然のことがわからないとは。

俺がフフンと笑って胸を張ると、千秋はきょとんとする。

「それにもし負けたって、次勝てばいいし」

「それじゃ永遠に勝敗つかなくないですか」

「いーんだよ。競うことが大事なの！」

競い合って、もっともっととって欲しがって。絶え間なく最高を探し続けたい。

千秋となら、一生飽きることがないって確信できる。

「一緒に、どんどん幸せになろう」

俺がそう言うと、千秋はふわりと嬉しそうに笑って頷く。

その満面の笑顔は、まるで大輪の花が咲いたみたいだった。

紙書籍限定書き下ろし

お試しの甘い日々

Paper books only
Otameshi no Amai hibi

「今度の週末から、俺の家でお試し同棲《どうせい》しない？」

ある日、私の家でくつろいでいると、柴谷《しばたに》がもじもじと恥じらいながらそんなことを言い出した。テーブルの上のノートパソコンには、一緒に住む予定で探している不動産関係のサイトがいくつか開かれている。それをチラリと見てから、もう一度柴谷へと視線を戻した。

「お試し同棲……？」

訝《いぶか》しみながら見つめると、柴谷はてへへと照れ笑いした。

「ほら、本格的な同棲はまだまだ先になりそうだろ？　だから、その前にさ」

一緒に住もうと決めたものの、現状ではまだまだ夢物語だ。結婚を前提とするならお互いの家族に挨拶もしなければならないし、仕事だって色々と調整していかなければならない。そうなると、焦ってやるよりゆっくりやっていく方がいいという結論に達したのだ。

とはいえ、柴谷はそれが我慢できないのだろう。早く同棲したい、と事あるごとに言っている。

——それで、お試し同棲、ね。

なるほど、ガス抜きにはいいかもしれない。

「まあ、いいんじゃないでしょうか」

「マジで!?　やったー！」

私が頷《うなず》くと、柴谷が大人げなくバンザイして抱きついてくる。

「千秋《ちあき》、ありがとう！　じゃあ、来週から一週間、俺の家で一緒に暮らそ！」

一週間。家を空けるとしても、まあ妥当な期間である。

柴谷の腕の中で私が頷くと、彼はふふふと不気味に笑う。

「それでその間、俺たちは新婚さんな？」

「は？」

お試し『同棲』のはずなのに、いつの間にお試し『結婚』になったのか。

「……どういうことです？」

「せっかく少しの間一緒に暮らすんだから、新婚みたいに過ごそうってこと！」

つまり、新婚のごっこ遊びをしようということだろうか。

「……それ、具体的には何をするんです？」

やや頭を抱えながら尋ねると、返ってきたのは碌《ろく》でもない答えだった。

「もちろん、新婚みたいに過ごすんだよ。甘々の新婚だから、いつものツンツンした態度もナシ、な！」

「……」

ニヤリと笑いながら、私の鼻先を指でツンと突《つ》つく。

腹立つな。ピキピキとこめかみが引き攣《つ》る。

「お試し『同棲』じゃないんですか」

「同棲の先に結婚があるだろ。だったらまるごとお試し『同棲』だよ」

「屁理屈《へりくつ》」

むぅ、と睨《にら》んでみせるが、一度了解をもらった柴谷に折れる様子はない。ご機嫌に「楽しみだなぁ」なんて白々しく言いながら、ひとりで浮かれていた。

◆◆◆

ちょっと強引だっただろうか。

千秋とお試し同棲をすることに成功した俺は、自分の家に帰ってからあの時の会話を反芻《はんすう》してみる。

怪訝《けげん》な顔はされたが、本気で怒っていたようには見えなかったし、きっと大丈夫だろう。

「さあ、どうしようか」

プランを考えなければ。俺は紙とペンを取り出し、計画を立てていく。

千秋は最近、とても疲れている様子だ。結婚する前にやりたいことがたくさんあると言っていたし、山際ももう少し育てたいらしい。

そんな頑張る千秋を、俺が癒やしてあげたい。今回の計画を思いついたのは、そういう理由だった。

普段、甘えるのが下手で素直になれない千秋を、新婚というロールプレイで自然に甘えさせる。甘やかしてリラックスさせて、ストレスを取り去って元気にする。完璧な計画。

俺って良い恋人すぎないか？

もっと感謝して惚《ほ》れ直しまくってもおかしくない。

いや、別に見返りを求めているわけじゃない。ただ、俺にもメリットがあるというだけだ。

ふふ……甘々に病みつきにさせて、俺のことをますます好きになって一生離れられなくしてやる！

死ぬほど愛される覚悟をしておけよ、布施《ふせ》千秋！　……いや、もうすぐ柴谷千秋だ！

◇　◇　◇

週末。家の用事を済ませ、着替えや仕事道具を入れた大きめのバッグを持って、私は柴谷の家に向かった。

いつもは、彼の家にはあまり行かない。

単純に男の部屋は趣味のものが多くて落ち着かないからだ。

１ＬＤＫの部屋はいかにも独身男らしいオシャレな家具に囲まれていて、壁には趣味のモータースポーツのポスターやアニメのフィギュアなんかが飾られている。

柴谷らしいといえばらしい、モテと遊びに特化した部屋。

その様子を思い出しながら、彼の部屋のインターホンを押す。

と、すぐに中からバタバタと足音が聞こえ、勢いよく扉が開かれた。

「おかえりー！」

休日のラフな格好をしたイケメンが、満面の笑みで立っている。髪もセットせず無造作で、ゆるっとした柔らかいセーターを着てリラックスした姿に、不覚にもドキリとしてしまう。

「あ、えぇと。お邪魔しま……じゃなくて。た、ただいま？」

新婚という設定だったっけ。

それに合わせて「ただいま」と言ってみたけれど、なんだか照れくさい。耳のあたりが熱くなるのを感じていると、柴谷は嬉《うれ》しそうに目を細めた。

「おかえり、千秋」

もう一度言って、中へと招き入れてくれる。

促されるままに玄関へ入ると、柴谷が私を引き寄せてぎゅっと抱きしめた。

「会いたかった」

「……昨日、会社で会ったじゃないですか」

照れたまま腕の中で呟《つぶや》くと、ふっと笑うような吐息が耳元を掠《かす》める。

「そうじゃなくて、離れたくないの」

それからおかえりのキスをさりげなく額にして、解放された。さっそく甘々だ。

「荷物かして。あと、夕飯の買い物しといたよ」

柴谷はバッグを受け取ると、部屋に運んでくれる。やけに紳士的な態度に調子を狂わされながら、私は上着を脱いでうがい手洗いを済ませた。

リビングへ入ると、柴谷はキッチンに立っていた。

「なんか飲む？　それとも、先に飯にしちゃうか」

「そうですね、ご飯にしましょうか」

到着が遅くなったので、今から支度すれば夕食にはちょうどいい時間だ。

そういえば、食事をしながらゆっくり晩酌でもと、お酒をお土産にしたんだった。そう思い出し、部屋の隅に置かれたバッグから包みに入った瓶を取り出す。

お気に入りの白ワインだ。

「お前……どーりで重たいと思った」

柴谷が「土産なんていいのに」と苦笑しながら受け取って、冷やすために冷蔵庫へ仕舞《しま》う。

「それで、メニューはなに？」

「鍋！」

「いいですね」

外は寒かったし、冬だし、作るのも楽だし、初日にはピッタリだ。白ワインと合わなくもないし、食後に飲んでもいいし。

柴谷が冷蔵庫から野菜や肉を取り出し、私にエプロンを手渡してくれたので身に着ける。よく見れば、彼も同じようなデザインのエプロンを着ていた。

「これ、お揃《そろ》い」

視線に気付き、ニカッと笑って自慢げにエプロンを示してくる。

「見たらわかります」

「へえ、見たらわかったのに着てくれたのか」

「いいでしょ。ふ、夫婦なんだから」

揶揄《からか》われてムッとし、思わず不貞腐《ふてくさ》れながらそう答える。と、柴谷がとろりととろけそうな笑顔を浮かべた。

「わかってんじゃん。そうだよ、ここにいる間、千秋は俺の奥さんだからね」

嬉しそうにそう言うと、包丁や鍋を棚から取り出す。

ウキウキと楽しそうな柴谷を見ていると、無下にもできない。

仕方ないから、この新婚ごっことかいうルールに乗ってあげますか。

お揃いのエプロンをして、並んで料理をした。

柴谷が洗ってくれた野菜を私が切り、昆布を入れて水を張った鍋の中に、鶏肉《とりにく》と一緒に入れて煮立たせる。

今回は市販の鍋つゆは使わず、水炊きにするらしい。煮ている間にダイニングテーブルに薬味やポン酢、食器を並べていく。

鍋敷きを中央に置いて、煮立った鍋を持ってくれれば完成だ。

「ワイン開ける？」

「開けてみましょうか」

私が頷くと、柴谷はワイングラスを取り出し、ほどよく冷えた白ワインと一緒にテーブルへと運んできてくれた。

「いただきます！」

柴谷がグラスに注いでくれたワインで乾杯する。

取り皿によそったほくほくの具材を口に運び、再びワインに口をつけ、私たちは目を合わせた。

「……合いますね」

「意外にも、バッチリ合うな」

ポン酢の酸味のおかげだろうか。白ワインがさらにまろやかになり、柔らかい口当たりに変わる。スルスル飲めてしまう、新しい組み合わせだ。

「美味しい」

思わずほっこりと笑みを浮かべると、柴谷が微笑《ほほえ》む。

「雑炊は？」

「食べます！」

「じゃ、作ってきてやるよ」

率先してキッチンへ立つ様子を、お言葉に甘えて見守る。やがてほかほかと湯気を立ち上らせて、柴谷が得意げな顔でねぎを散らした卵雑炊を持ってきてくれた。


特に張り合うこともなく食事が終わって、並んで一緒に洗い物をする。

なんだか、変な気分だ。普通の恋人みたい。

いつもならすぐ手を出してくる柴谷が、未《いま》だ「ただいまのキス」だけ。甘やかすだけなんて。

いつぞやのデートを思い出すけれど、あれは付き合ってなかったし、外だったから何も感じなかった。だけど今は、室内に二人きり。そのせいか、不覚にも物足りなさを感じてしまう。

チラリと隣で土鍋を洗う柴谷を盗み見る。

サラリとした無造作な髪が揺れている。頬《ほお》に飛んだ洗剤の泡を、ぐいっと手の甲で拭う姿が目に入った。

それから「なに？」とこっちを向いて笑うので、

「……泡、取れてないですよ」

などと誤魔化《ごまか》すように彼の頬を指で撫《な》で、泡を拭ってやる。

「ありがと！」

にこにこと無邪気に笑う柴谷の少年っぽい笑顔に、ちょっとムラっとした。

……新婚だし、甘えてもいいの？

「ねえ、雄哉《ゆうや》」

「んー？」

ゴシゴシと土鍋を洗う作業に戻った柴谷に、ぴたりと肩をくっつけてみる。

「……!?」

ビクリと体を強張《こわば》らせた柴谷に、そっと寄りかかって顔を見上げた。

「あの……新婚だし、このあとは、寝る……？」

うわぁ！　こういう誘いって、ものすごく恥ずかしい！

いつもの感じと違いすぎて、一瞬にして耳まで熱くなる。

「やっぱり、なんでもないです！」

慌てて体を離すと、一歩距離を取ろうとした。

その瞬間、柴谷の濡《ぬ》れたままの手が私の体を抱き寄せる。

「……今日は、千秋に求められるまで大人しくしようと思ってたのに」

腕の中で顔をあげると、すっかり獰猛《どうもう》になった彼の顔が間近にあった。

「もう夜だし、新婚だし。いいよな？」

有無を言わせぬ迫力でそう尋ねると、答えを待たずに唇を奪われた。

求めていた温《ぬく》もりが、ようやく与えられる。

互いに貪るように、深く口付けた。繕った理性など、すぐにどろどろに溶けてしまう。

私は自分が思うより、ずっと柴谷のことが好きなのかもしれない。

だって会った時から、くっつきたくて抱かれたくて、期待して我慢できなくなっている。


柴谷の手が、エプロンの隙間から服の中へと忍び込む。下着をずらして胸を弄《いじ》られ、黒いセーターは濡れた状態で捲《まく》り上げられてしまう。

このままするのかな、そう思っていたら、柴谷が手を止めた。

「風呂、いかない？」

「え……お風呂？」

「そ。する前に、洗ってあげる」

エプロンの紐《ひも》を解きながら、柴谷が笑う。

「一緒に？」

もう、今日は少しも離れたくない。早くしたい。

そんな気持ちが顔に出てしまったのだろうか。柴谷はくすりと笑って、「一緒に」と妖しげに囁《ささや》く。

「なら、いいですよ。だって新婚ですし？」

そう言うと、柴谷はそうこなくっちゃ！　と笑って、キスの続きをしながら私の服を脱がせにかかった。

そのままお風呂場へと連れていかれ、脱衣所に到着した頃には、もうお互い一糸纏《まと》わぬ姿だ。

浴室の中へ入り、一緒に熱いシャワーを浴びる。

「壁、手ついて」

壁には鏡があり、手をつくと自然と自分の全身が映り込んだ。

柴谷は手に石鹸《せっけん》を泡立てたスポンジを持ち、鏡の前に曝《さら》け出された私の体を柴谷が後ろから満遍なくまさぐるように洗う。明るい浴室内でその様子を目の当たりにし、顔が熱くなった。

「雄哉……これ……っ」

恥ずかしい。後ろから撫で回す手に、まるでそういうプレイでもしているかのような錯覚を覚える。しかも、自分はとろけきった顔で彼の手の動きを受け入れている。

いつもなら、なんてことないのに。むしろ見せつけて煽《あお》ってやるのに。張り合っていないと、なんだか羞恥心が倍増するみたいだ。

柴谷は動揺する私に気付いているのか、うなじにキスをしながらわざとらしく際どいところを弄りだす。

ぬるついた彼の指が私の胸に触れ、柔らかさを確かめるように蠢《うごめ》いた。そして、そのまま指先を滑らせて先端を弾く。

「ん……っ！」

ビクンと体が跳ねると、うなじに楽しそうに弾んだ吐息がかかった。

「あっ……あ、ふっ」

乳首に泡を塗りつけられながら、彼の吐息にも感じてしまって、私は下を向く。

「千秋」

途端、柴谷が胸を弄りながら声をかけてきた。

「っ、なに……っ、ん、ぁん……」

仕方なく顔をあげて、鏡越しに彼の顔を見る。

すると、泡だらけの手で巧みに私を刺激する彼の姿と、感じて真っ赤になっている自分の姿が目に入った。

「あ……っ」

背中がゾクゾクと震え、力が抜ける。柴谷にいじめられている自分がこんなに気持ちよさそうなのだと客観的に見た瞬間、腹の奥からとろりと蜜が溢《あふ》れた。

思わず鏡に寄りかかるように前屈《まえかが》みになると、いつの間にかスポンジを置いた彼の両手が、遠慮なく両乳首をつまんで扱《しご》くように動かしてくる。

そうやって刺激しながら、柴谷が世間話をするように話しかけてきた。

「今日、どうだった？　よかった？」

　耳元で、柴谷の声が低く響く。

「……悪く、なかった、です」

　私が精いっぱい虚勢を張って答えると、彼の指がぎゅっと乳首をつねる。

「素直に教えて。ほら、新婚だろ？」

「あう……ッ、ん……、よかった、です。楽しかった」

「よくできました」

　そう言うと、彼が膝を私の足の間に割り込ませる。胸を弄る片手を残し、もう片手がそこへ向かって降りていく。

「は……っ、ぁ……」

　期待して、自ら足を開いてしまう。泡を纏った柴谷の指が、その間に入り込み、ゆっくりと形をなぞった。

「ん、ん……！」

　泡を塗りつけた後は、そこにある敏感な突起のあたりを洗いはじめる。けれど周囲も洗うように動くので、決定的な刺激にはならなくてもどかしさに腰をくねらせた。

「たくさん甘えていいよ。して欲しいことあったら言って？」

「ん……っ」

柴谷が促すように、再び耳元で囁く。顔をあげると、薄く笑う瞳と視線が合った。

「なんでもしてあげる」

そう言いながら、うなじをぺろりと舐《な》める。

妖艶な表情ともどかしい刺激に、もう我慢できなくなった。

「ひ、ぁ……、……雄哉、お願い……イかせて」

鏡越しに瞳を見つめて懇願すると、柴谷は舌舐めずりをして「お安い御用」と答える。

そして次の瞬間、彼の指先が素早く肉芽を探り、直接擦りはじめた。

「ふ……ッ！　はっ……、ぁん！」

ずっと欲しかった刺激を与えられ、目の前に星が飛ぶ。くちゅくちゅと音を立てて泡立つのは、石鹸なのか私の愛液なのか、もうわからない。

さらに乳首も同時に扱かれて、体の奥がきゅうと引き攣った。

「ゆ、や……っ、だめ、イく、も、イく……からっ……あぁ、ぁああ……ッ！」

ビクリと体が大きく跳ね、足が突っ張ってガクガクと痙攣《けいれん》する。そして震えながらよろけそうになる私を、柴谷が後ろから優しく抱きとめた。

「すげー、ぬるぬるだな」

「石鹸、でしょ……」

自分の手をわざとらしく見せつけてくる。指の間で糸を引いているのを見て、プイと顔を背けた。

柴谷は楽しそうに笑い、背後から頬にキスをした。仕方ないので顔を向けて舌を突き出すと、間髪入れずに食いつかれる。

「ん、んう……ふ……」

舌を絡めながら、ずっとお尻に押し当てられている熱い塊に意識が向かう。次はこっちだと、嫌でも期待が高まる。

「足、開いて」

「ん……」

頷くと、言われるままに両脚を開き、お尻を突き出すようにした。柴谷は余裕のない動きで、剛直をぐっと私のそこへ押し込める。すでに濡れているおかげで、ぬるりと簡単に彼を受け入れた。

「あ……！」

先端が沈み込み、ゆっくりと私の中を充《みた》していく。ゾクゾクと背中を駆け上がる快感に背を反らすと、柴谷が何度もうなじにキスを落としてきた。

「千秋……千秋」

囁きながら、柴谷は私の中にすべてを埋める。自然と最奥を突き上げられ、思わず大きな嬌声《きょうせい》を漏らした。

「……奥、気持ちいい？」

「ん……っ」

私はつま先立ちになって小刻みに震えながら、かろうじてコクコクと頷く。その様子に、彼は欲情した瞳を細めてニヤリと笑った。

「もっとしてあげようか」

悪戯《いたずら》っぽくそう言って、腰を押さえつけ奥へグリグリと押しつけるように動かす。

「あ、ぁあ……っ、あ！」

連続して奥を突かれると堪《たま》らなくて、私は小さく震えた。

だけど、そんなんじゃまだ物足りない。

「ゆうや……もっと、激しくして……」

「いいね。その甘えた声……いっぱい聞かせてよ」

私はもう四《よ》つん這《ば》いに近いくらい鏡に寄りかかっている。

柴谷は後ろから私の腰を両手でつかみ、乞われるまま激しく揺さぶってきた。

「あぁ……！　ゆ……や……っ」

「あー……すげぇ、締めてくるね……」

きゅんきゅんと疼《うず》く膣内《ちつない》が、動く柴谷を刺激する。互いの息が荒くなり、冬だというのに汗が飛び散った。ぱちゅぱちゅと肌を合わせる湿った音が、浴室内に響き渡る。

「だ、め……ぁ、あぁ、だめ……っ」

まるで熱杭《くい》を打ち付けるように勢いよく奥を穿《うが》つ動きに、堪らなくなって声をあげる。

「千秋、好きだ。好きだよ。好きだ。大好き、愛してるよ」

柴谷も昂《たかぶ》っているのか、うるさいくらいに囁きながら揺さぶられる。私は体中を引き攣らせ、答えることもできずに喉を反らした。

「俺の、可愛《かわい》い千秋……っ」

「あぁ……っ！」

ゾクリと背筋に快感が駆け上がり、ビクビクと痙攣する。

私が達したのを見て、柴谷は素早く自身を引き抜くと、熱い飛沫《しぶき》を私の背に飛び散らせた。


今度こそ体を洗って、裸にバスタオルだけを巻いてリビングへ向かった。

下着も何も用意していなかったし、早く服を着ないと風邪を引く。急いで荷物の中から下着を取り出していると、柴谷が寝室から「あ、忘れてた」と声をあげたのが聞こえた。

「どうしたの？」

バスタオル姿のまま覗《のぞ》き込《こ》むと、ベッドの上に何かが丁寧に並べられている。

彼の隣に行って見下ろせば、それはお揃いのシルクのパジャマと、枕元に積み木のように積まれた避妊具の箱の山だった。

「なにこれ」

呆《あき》れて問えば、

「えーと、わくわく新婚さんセット〜！」

某青いネコのモノマネで返される。

曰《いわ》く、新婚気分を出すために新調したものだとか。枕ももうひとつお揃いのものを買って、ベッドに設置されている。よく見ると、薔薇《ばら》の花びらを詰めた袋も置いてあって、何をする気なんだお前は……とツッコミが止まらなくなった。

「あとさ、お揃いの食器とか、カップとかも揃えたいんだよな……歯ブラシはまぁ、好みのものがあるだろうけど、あとはスリッパとか……」

「……ふっ」

あまりにも乙女すぎる行動に、思わず吹き出してしまう。

今日からのお試し同棲、どんだけ楽しみにしてたの。ひとりであれでもないこれでもないとお揃いのものを買い揃える柴谷を想像し、可笑《おか》しくなった。

「ちょっと可愛すぎません？」

「だろ？　俺って可愛いんだよ」

面白がる私に、柴谷が調子に乗って同意してくる。

「奥さんのこと、いつも考えてんの。なあ、こんなに可愛かったら、もっと大好きになるしかなくない？」

自信たっぷりな柴谷に、私は笑いながら頷いてしまう。

だって、今日は、この期間は、いつもより素直になる期間なんでしょう？

「そうですね……大好きです」

「……へへ。俺も！　大好き！」

まるで尻尾を振る犬のように、大喜びで飛びついてくる。そのままキスをして、勢いよくベッドへと押し倒された。

「二回目、いい？」

「しょうがないですね……」

「千秋のしょうがないは、諦めじゃなくて、実は肯定の意味なんだよな」

最近わかってきた。そう囁いて、キスが落ちてくる。

新品のパジャマはとりあえず置いておくとして、私たちはさっそく避妊具の山を崩した。


その後、お揃いのパジャマを着て眠った。

ベッドに入っても、柴谷は絶え間なく悪戯するようにキスをしてくる。微睡《まどろみ》の中で、私たちは眠りに落ちるまでずっと口付けを交わし続けた。

そして翌日もひたすら甘く、朝起きてからもくっついてゆっくりと一日を過ごす。

夕方には一緒に買い物に出て、一緒に夕食を作って食べ、夜はまた交わって一緒に眠った。

仕事のある日は、またひと味違う。

一緒に起きて一緒に仕事へ行く支度をするのは、なんだか不思議な気分だった。

いってきます、いってらっしゃいを言い合って、会社近くまでは一緒に向かい、どちらかがコンビニなどに寄って時間をずらして出社する。秘密を共有しているみたいで、なんだかこそばゆい。

この一週間の柴谷は、本当に甘ったるくて優しくて、調子が狂う。釣られて私も思い切り彼に甘えるのが当たり前になっていた。

夜は抱きしめられて眠る。寝苦しいかと思ったが、意外とすぐに慣れ、悪くないと思ってしまう。

それが日常になってきた頃。

「……じゃあ、帰りますね」

お試し同棲期間は終わりを告げ、次の週末の夕方、私は来た時と同じバッグに荷物を詰めて、柴谷にそう言った。

◆　◆　◆

「帰っちゃうのかぁ……」

心底名残惜しい。

玄関で見送りながら呟く俺に、千秋が少しだけ寂しそうに笑い返す。そして、

「すぐ会えるじゃないですか。会社で」

なんて、元の千秋らしいツンとしたセリフを吐いた。

「だって会社じゃ、全然甘えさせてくんねーじゃん」

「当たり前でしょうが」

くすくすと笑う千秋が可愛い。

ここ数日一緒に居て、俺の方が千秋に溺れている感じがした。彼女の笑顔ひとつで、胸がきゅうきゅう苦しくなる。

作戦を立てたのは俺なのに、悔しい。だけど、そんな風に負けるのも悪くないのかもしれない。

「いってきますのちゅーして」

俺がねだると、千秋は仕方なさそうにしながら少し背伸びをする。ちゅっと音を立てて唇に軽く触れ、照れくさそうに笑う。

その赤くなった頬に、俺もお返しのようにキスをした。

「じゃ、千秋。いってらっしゃい」

「いってきます……」

仕事の時はバタバタしていたが、こうやってゆっくり見送ると切なくなる。

「……また来いよ」

「はい」

千秋は頷いて、手を振った。

そして玄関を開けて出ていく寸前、ゆっくりと振り返り、

「そうだ。次会う時、指輪を買いに行ってくれませんか？」

「――へっ!?」

「私も、早く欲しくなったから」

ふっと笑って俯《うつむ》くと、じゃあね、と小さく手を振る。

なんだそれ。作戦は成功か？　いや、作戦なんてどうだっていい。

「い、いく！　絶対行く！」

閉まりかけた扉を開け放って、外の千秋へ向かって叫ぶ。

「うるさいですよ」

千秋はくすりと笑って、「またね」と言って背を向ける。彼女が見えなくなるまで、俺は自分が裸足《はだし》のままなのも忘れて玄関に突っ立っていた。

バタンと扉を閉め、やけに静かになった部屋の中でうずくまる。

………ちくしょう。顔の火照りが引かない。

千秋のたったひと言で、どうしようもなく胸が高鳴る。幸せすぎておかしくなる。

フラフラした適当な恋愛など、もう忘れてしまった。こんな気持ちを知ってしまったらもう、ひとりの頃には到底戻れそうにない。

だから――――。

一生一途《いちず》に愛し抜いてやる。本気で観念しろよ、俺の千秋！

あとがき

はじめまして、まるぶち銀河《ぎんが》と申します。

このたびは『種まき系男子の一途《いちず》なキスは甘い』をお手に取っていただき、誠にありがとうございます。

ルフナさんという新レーベルの創刊ということで、最初の作品として携われましたこと、大変光栄に思っております。

今作は、私がｗｅｂで小説を書きはじめたばかりの頃の作品が元となっています。

とにかく書きたいことだけを書いた、キャラクターの濃さだけで突っ走ったエロコメディ。書籍にするにはだいぶ課題のあった作品だったのですが、自分で手直しするには困難で……。

それを、編集さんがたくさんたくさん褒めて導いてくださり、アイディアを出してくださり、こうしてきちんと形にすることができました！

特に柴谷《しばたに》は千秋《ちあき》への一生懸命さが増して、タイトルの『一途』の名にもう一歩近付けたのではないかと思っています。

他にも、当て馬の山際《やまぎわ》くんの出番を増やしたり、千秋の感情を深掘りしてみたり。

ｗｅｂ版をご存知《ぞんじ》の方も、そうでない方も、パワーアップした『種まき系男子』を楽しんでいただけたら幸いです！

最後になりましたが、素敵なイラストを描いてくださった天路《あまじ》ゆうつづ先生、本当にありがとうございました。天路先生の描かれる千秋は私の中の彼女のイメージをかなり柔らかくしてくれ、強気で負けず嫌いなだけではない千秋を意識することができました。

そして、様々なアドバイスやご意見をくださった担当さんをはじめ編集部の皆様や、この本に携わってくださった方々。

なにより、お手に取ってくださった読者の皆様。

本当に本当にありがとうございました！

それでは、また別のお話でもお目にかかれることを願って。

まるぶち銀河

Ruhuna

お買い上げいただきありがとうございます。
作品へのご意見・ご感想は右下のQRコードよりお送りくださいませ。
ファンレターにつきましては以下までお願いいたします。

〒162-0822
東京都新宿区下宮比町2-26 KDX飯田橋ビル 5階
株式会社MUGENUP ルフナ編集部 気付
「まるぶち銀河先生」／「天路ゆうつづ先生」

種まき系男子の一途なキスは甘い

2023年9月29日　第1刷発行

著者：まるぶち銀河

イラスト：天路ゆうつづ

発行人　伊藤勝悟
発行所　株式会社MUGENUP
〒162-0822 東京都新宿区下宮比町2-26 KDX飯田橋ビル 5階
TEL：03-6265-0808（代表）　FAX：050-3488-9054
発売所　株式会社星雲社（共同出版社・流通責任出版社）
〒112-0005 東京都文京区水道1-3-30
TEL：03-3868-3275　FAX：03-3868-6588
印刷所　株式会社暁印刷

カバーデザイン：川添和香（TwoThree）
本文・フォーマットデザイン：株式会社RUHIA

本書は、小説投稿サイト「小説家になろう（ムーンライトノベルズ）」に掲載されていたものを、改稿のうえ書籍化したものです。

Printed in Japan
ISBN 978-4-434-32464-2 C0093